單純

SIMPLE

瑪麗奧德・穆海——著

周桂音——譯

時報出版

MARIE-AUDE MURAIL

推薦序

童心帶來轉化的力量

吳玫瑛（成功大學臺灣文學系特聘教授）

安徒生大獎得主，也是法國知名兒童文學作家瑪麗奧德．穆海（Marie-Aude Murail）的作品《單純》（*Simple*），是個美麗而迷人的故事。故事描繪一名十七歲高中生克雷博，他帶著智能不足的哥哥阿純（本名巴爾納貝．馬呂黎），在陌生的巴黎大都會尋覓住處，因緣際會下，與一群大學生合租公寓，由此展開一段夾雜親情、愛情與友情的人際交往與關係分合的生活經歷。

在這部作品中，作者以簡約的敘述、詼諧的情節設計以及獨特的人物構造，層層推衍、逐步勾勒失能與照護的複雜面向。故事主線是阿純的照養問題。阿純雖然已是二十多歲的成年人，但心智年齡實際上只有三歲多。在父親的眼中，智能不足的阿純只是個沉重負擔，他唯一的去處是安養機構。但克雷博不認同父親的做法，他不忍讓哥哥留在僵化的機構環境中受苦，而自願負擔起照顧哥哥的責任。

弟弟克雷博就此扮演了照顧者的角色，正值青少年的他，不免陷入課業、交友與個人生活難以兼顧的窘境。然而，在租屋處多名室友的互相照應下，以及女同學薩赫菈一家人紛紛伸出援手後，阿純和克雷博這對兄弟的生活逐漸有了依靠，在人我交往、彼此接納的互動中，兄弟倆也逐漸體會了「家」的溫暖與光輝——「家」與「家人」關係的真實意義，也在此有了新的詮釋。

相形之下，父親的冷漠與疏離，社福人員對於阿純照護需求的機械化對應模式，以及養護機構的人力欠缺及非人性化管理問題，一再突顯了成人世界的無力與侷限。反觀阿純在巴黎公寓中的日常生活，可謂自由自在，適得其所。雖然阿純無以掌控的言行舉止對室友們而言，造成了不少麻煩，但阿純的「存在」，對這群年輕人而言，卻也是轉化人心與考驗人性，不可多得的機運。

有趣的是，故事的主題雖沉重，但透過阿純的童真反應，或說直言無諱的「童言童語」和逗趣想像，也使得這本書讀來，笑點不斷。阿純的自創新詞，以及不時出現的模糊用語，每每成為讀者的閱讀挑戰，但也是活化語言的另類機轉。阿純的「胡言亂語」，經常也是旁人故事發想與小說寫作絕佳的靈感和創意來源。如此說來，「正常」與「異常」，看似遙遙相對，互不相屬，卻往往一體兩面，彼此滋養。阿純的故事，也在提醒我們：迎向「異己」，與之共存，不僅是道德與情感上的重要選擇，也是個體生命得以活化而更形豐富的必要條件。

對於青少年而言，成長、愛情及未來規劃，應是生活的重心，也是生命的期許。但克雷博所面對的問題是，自己長大了，而哥哥卻還是小孩。這樣的難題並未阻隔克雷博對愛情的嚮往，但也因為需要照護哥哥，讓他愈益明白，關於愛情，找到合適的，遠比追求自己所想望的更為重要！

書中有些功能性角色令人印象深刻，例如，住在同棟公寓的韋爾德神先生，代表著傳統、古板，卻也是智慧的來源（愛情顧問）與危機的化解者。阿純心愛的玩偶「兔兔先生」兩度遺失，正巧皆由韋爾德神先生拾回，阿純因此稱其為「神先生」。

在阿純眼中，「兔兔先生」是真實的存在，是他的同伴，也是他的分身。故事末了，「兔兔先生」遭人惡意丟棄在垃圾管道。找回「兔兔先生」後，克雷博試圖透露是誰把兔兔先生丟進垃圾管子，阿純（兔兔先生）隨即回答：「不是，是我。我想看看垃圾間。」

透過阿純跳脫框架的應答，我們不難發現，保有「童心」，才能帶來「轉化」的力量。阿純在此藉由「兔兔先生」之口所傳達的訊息，不帶半點苛責意味，反倒具有積極且正向的自我肯定與樂觀精神。阿純的回應，讓我們看見，追究實情未必有益，而重要的是轉化念頭，以另類觀點重新看待自我與世界。

《單純》故事所呈顯的，不單只是失能者的照護問題，更譜寫出愛、選擇、接納以及人我關係應對等人生至關緊要的課題。「純」可以說是貫穿全書的關鍵字眼，也是通篇故事的核心指向——唯有「單純」，才能掃除惡念，以愛與溫暖轉化人生。

推薦序

單純不單純

阮若缺（政治大學歐洲語文學系教授）

本書書名《單純》即十分耐人尋味：單——孤單、單獨、單薄……純——純潔、純淨、純真……對一個生來具有身心缺陷的人而言，處於這個競爭激烈的社會，物競天擇、棄弱抬強便成了殘酷的生存法則。然而，天生我材必有用，何況人性也有其溫暖面；就算是所謂的「正常人」，在生命歷程中難道就不會遇到困難或瓶頸嗎？

從這本童書中，我們可以發現一個實際年齡與心智年齡不符者，在芸芸眾生之中存活，確實是非常辛苦。他不被人們了解，甚至遭鄙視、壓抑或霸凌，少有人會耐著性子去理解他。長期幫助他，認真善待他，就連自己一家人也不見得承受得起，總覺得那只會妨礙其他人的成長發展。而他又不善表達，行為上出現直覺或魯莽的現象……當然，療養院就成了身心需要復健者的中繼站，它也確實解決了部分社會問題，但以冷冰冰的制式規定來處理活生生的人類困境，其中是有衝突的。

作者站在主角阿純的角度，發掘了他種種怪奇行為的真正原因：他因智能不足，用語中經常出現疊字，如笑笑人、鏘鏘槍、惦惦話、兔兔先生等。此外，孩子的天真無邪或想像力豐富，有時與事實脫節，甚而產生一些驚人的後果，如將衣服、被單堆疊撕碎造個洞穴，在書本、玩具上任意塗抹上色，亂闖所有人房間，用蓮蓬頭噴水，到處溼漉，隨處丟放東西或藏東西，甚至可能是危險物品！還有搞失蹤……為避免發生意外，不得不時時有人在旁「監視」他，指正他。這種身心的桎梏，對正常人而言何嘗不是種折磨？大家似乎都需要暫時的喘息，這也就是堅持照顧阿純的弟弟克雷博也曾氣餒或暫時放棄的原因，這也造成他人際關係上的某些缺陷。同樣地，屢遭排擠的阿純，雖智能不足，也非全然白紙一張，仍具一些辨識能力，他也有七情六慾，也有情緒，需要溫暖，當脾氣發作時，常口出狂言，壞話連篇；而當周遭的人因不耐煩責罵他時，他也會回嘴：「這個字壞壞」。

偶然機緣下，這對兄弟和幾個年輕人共租公寓；阿純的加入，給了他們許多震撼教育，每個人也有所成長，期間經歷多次誤解與磨合，終於找出一個相處模式，並發覺阿純的可愛之處。其實這個「白痴」，也有他的一套思考邏輯，一些他創造的詞彙，只要大家開放心胸，不妨說也是種學習。而又聾又啞的亞米菈就和阿純很合得來，他們或許同為天涯淪落人，互相疼惜，在心靈上也具某種程度的了解。

閱讀本書，和看武俠小說、偵探小說一般刺激，因為有太多不確定性，令人血脈賁張了。其中有笑有淚，有人生光明面和黑暗面，並值得好好深思，施與受的人生議題，也珍惜我們擁有的一切。

推薦序

單純出於良善心謙

朱國珍（作家）

最初吸引我的書訊是「一個青少年帶著智力只有三歲的哥哥找住處」，腦海裡頓時浮現我最珍愛的童年讀物《苦女努力記》。兒童文學裡始終有個很重要的核心概念，就是「冒險」與「成長」，當人們尚未世事洞察、人情練達時，其所以有冒險出走的勇氣，並經歷自我追尋而形塑的成長過程，出發點正是因為「簡單」。

十七歲的高中生克雷博捨不得哥哥阿純在療養院抑鬱寡歡，加上父親另娶只顧自己的新生活，於是他決定使用母親的遺產在巴黎租屋與哥哥同住，巧遇幾位年輕人成為室友而展開一段故事。

法國作家瑪麗奧德．穆海擅長刻畫人物，說故事的功力更是行雲流水，即使沒有高潮迭起也能令人愛不釋手。故事主人翁是個只有三歲智商而年紀卻是二十有二的巴爾納貝（阿純），他活在自己的語言與邏輯世界裡，身邊總是離不開一個被他擬人化的布偶兔兔。當克雷博向別人說明哥哥只是「智能不足」時，阿純會字字分明地糾正「是白——痴」。只有三歲智力的阿純無法理解成年的美豔女室友雅莉亞為什麼「沒有那一根」，也會天真地詢問「愛要怎麼做？」當故事一次又一次出現阿純的魯莽（擔心火災而偷藏打火機，或是亂接電話），使得我提心吊膽以為接下來上演的即將是好萊塢的十八禁。然而瑪麗奧德・穆海不愧是國際安徒生大獎得獎作家，她精準掌握三歲孩童的天真與單純，從頭到尾都沒有陷入刻板的劇情泥淖，是真正的兒童文學高手。

除卻阿純滿口疊字「鏘鏘槍」、「惦惦話」以及不按牌理出牌的童言童語之外，全書還充滿著爆棚的青春感。尚在念高中三年級的男主角、也是阿純的弟弟克雷博，有著早熟而堅定的意志力，卻仍然敵不過荷爾蒙的影響在初戀關係上差點絆倒。想成為小說家的恩佐原本腸枯思竭，卻在妒嫉與愛火的燃燒下終於寫出感動對方的作品。每到週末便耽溺於夜店把妹的寇宏丹是最能夠與阿純對話的人，以及醫學院學生雅莉亞與艾曼紐之間的情慾流動，再加上其他幾條支線，滿是青春洋溢。

然而我卻獨鍾於管委會的老先生韋爾德神。他剛登場時是個易怒的人，而且狂按電鈴指責這群年輕人的派對噪音以及亂丟垃圾堵塞垃圾道。但是當他在教堂望彌撒遇到阿純與克雷博兄弟，暗中注意到阿純遺失在告解室裡的兔兔並將它帶回放在克雷博家門口，讓阿純以為兔兔真的可以自己走回家。至此，韋爾德神呈現出具體的圓型人物特徵，有毛病也有溫情，甚至成為恩佐的愛情顧問，給予「被自己深愛的女人打，是老了以後值得回憶的事」這樣奇妙的建言。

瑪麗奧德．穆海自一九八五年開始發表作品，以Emilien、N Is Hazard、L'Espionne系列讀物最具代表性。《單純》發表於二〇〇四年，即使穆海已是享譽國際的兒童文學作家，仍然不斷探究創作多元化與社會議題，關注智能障礙兒童就是其一。儘管這個議題直到今日仍是顯學，但穆海曾說過為兒童所創作的虛構文學沒有必要悲劇收場，她認為這樣做是作家的怠忽職守。

教宗方濟各曾說過，在天主眼中，沒有罪人和義人之分，只有願不願意接受救贖的罪人。瑪麗奧德．穆海所創造的《單純》是個沒有罪人的世界，符合她的文學觀，就連因愛生恨的小說人物所採取的報復手段也只是將阿純心愛的兔兔丟進垃圾道。

當兔兔遺失時，克雷博追著垃圾車卻再也無法找回，彷彿回到當年失去母親的悲痛。最後兔兔奇蹟似的再度失而復得，對真相了然於心的阿純問兔兔：

「是不是她把你丟進垃圾管子？」

「不是，是我。我想看看垃圾間。」模仿兔兔的阿純自問自答。

看到這裡又是一陣鼻酸，也才真正領悟到阿純的單純，不是因為只有三歲，而是他如此良善心謙。

目次

謹以我全副熱情

獻給克莉絲汀・提耶布雷蒙（Christine Thiéblemont）

和她的學生們，「對大人而言太過童稚，

但已成熟得足以面對人生」（雅克・伊熱蘭[1]）

1 譯註：出自法國歌手雅克・伊熱蘭（Jacques Higelin，1940～2018）一九八五年的歌曲〈兒童十字軍〉（*La Croisade des enfants*）。

第一章

兔兔先生摔壞電話的時候

克雷博斜斜瞥了他哥哥一眼。阿純正在模仿地鐵門關上的聲音，他小聲說：「嗶——喀啦。」

有個男人上了車，在克雷博身邊坐下。他牽著一條德國牧羊犬。

阿純在座椅上興奮扭動。

「他有一隻狗，」阿純說。

牧羊犬的主人盯著阿純。阿純是一名年輕的成年男子，淺色的雙眼睜得大大的。

「這個先生，他有一隻狗。」阿純又說一遍。他越來越亢奮。

「對，對，」克雷博這樣回答，一面皺起眉頭，試著提醒阿純守秩序。

「你想我可以摸牠嗎？」阿純邊說邊朝著那隻狗伸出手。

「不行！」克雷博大吼。

狗主人看看阿純又看看克雷博，似乎想評估眼前是什麼狀況。

「我呢，我有一隻兔子，」阿純睜著淺色的雙眼說。

「你不要跟不認識的人說話，」克雷博低聲抱怨。

然後他下定決心，轉頭對狗主人說：

「先生，您別怪他。他智能不足。」

「是白——痴，」阿純字字分明地糾正克雷博。

那個男人站了起來，牽起他的狗，一聲不吭，在下一站下車了。

「混蛋，」克雷博小聲發牢騷。

「噢，噢，這個字壞壞，」阿純說。

克雷博憂鬱地嘆口氣，瞄了車窗一眼。窗玻璃上是他自己的倒影，細細的圓框眼鏡，一臉知識分子的模樣。再度恢復心平氣和之後，他深深倚靠椅背，看看錶。阿純偷看克雷博的一舉一動，拉起自己身上套頭衫的袖子，盯著手腕，一臉懷疑。

「我沒有手錶。」

「你明知為什麼。他媽的，我們到了！」

「噢，噢，這個字壞壞。」

克雷博走向車門，又在下車時再度轉身。阿純本來跟在他後面，現在卻停下腳步。

「快點！」克雷博大喊。

「門想要切我！」

克雷博抓住阿純的袖子，把他硬拉到月台上。車門在他們身後自動關上。喀啦。

「門沒切到我！」

克雷博再度拉扯他的袖子，把他拖向一道階梯。

「為什麼我沒有手錶？」

「你的手錶被你打破了，因為你想看看裡面是不是藏了個小小人，你記得嗎？」

「記得～～」阿純微笑，面露陶醉。

「所以裡面有小小人嗎？」

「沒有！」阿純開心大嚷。

阿純在電扶梯前猛然停下腳步，害後面兩名乘客撞在一起。她們怒叱：

「搞什麼，小心一點！」

克雷博又拉起阿純的袖子，強迫他踩上電扶梯。一開始，阿純輪流抬起左右腳，害怕地向下看。確定雙腳安然無恙之後，阿純放下心，抬起頭來。

「你看到了嗎？」出地鐵站之後，阿純說。「我連怕都不怕。為什麼裡面沒有笑笑人？」

「是『小小人』，不是『笑笑人』，」克雷博再度糾正，以免阿純繼續他的十萬個為什麼。

而他聽見阿純嘀嘀咕咕：

「是笑笑人，笑笑人。」

阿純的固執程度超人一等，整整五分鐘，他不斷哼著：

「笑笑，笑笑。」

克雷博看看四周，不確定該走哪條路。他們十五天前才剛搬來巴黎。

「還很遠嗎？」

「我不知道。」

克雷博快發火了。街道變得很陌生。阿純在人行道中央停下腳步，雙臂交叉在胸前。

「我要見爸爸。」

「爸爸不在這裡。他在郊區的馬恩拉瓦萊（Marne-la-Vallée）。而我們呢，我們在……在哪，蛤？」

「哈啾！」阿純這樣接話。

阿純哈哈大笑，因為這個笑點很妙。克雷博淺淺一笑。阿純的心智年齡是三歲，在某些黃道吉日則是三歲半。

「我們在巴黎。走吧。來，我們得快點，不然天就要黑了。」

「會有狼嗎？」

「對。」

「你知道，我可以用鏘鏘槍殺掉牠們。」

克雷博悶悶地傻笑一聲。他們再度邁開步伐。克雷博突然認出這條上坡路。在這裡。勒莫萬樞機路，四十五號。

「噢，不，」阿純在門口說。

「又怎麼了？」

「我不要，這裡是烙太太家。」

「你聽好，她是我們的姨婆，也就是爸爸的媽媽的姊妹……」
「她好醜。」
「她是不太漂亮。」
「她好臭。」
克雷博伸出手，準備按大門密碼，他皺起眉頭。
「嗯……四、六……」
「四、六、B、十二、一千、一百……」阿純滔滔不絕講得飛快。
「閉嘴。四、六……」
「九、十二、B、四、七、十二……」
克雷博盯著密碼鎖，完全被搞混了。
「按啊，按按鈕！九、七、十二……」
阿純開始亂按一通。大門劈啪一聲，開了。
「我贏了！」
其實是因為一名胖太太恰好在這時出門。阿純衝進門，撞到了她。
「不可以推擠別人！」克雷博對他大吼。「向這位太太說對不起！」
阿純已經跨出兩大步，爬上第五級階梯。他轉過身，快活地說：

「這位太太，對不起！門太小，妳太胖了！」

然後他繼續大步急奔上樓，克雷博試圖趕上他，一面大嚷：

「四樓！在四樓！」

阿純爬到七樓頂樓，然後往下跑到三樓，再向上爬一層樓。最後他終於停在四樓的樓梯間，像狗一樣伸長舌頭喘氣。克雷博倚靠牆壁休息一會，累壞了。

「你要按按鈕了嗎？」

阿純害怕門鈴聲。克雷博按門鈴時，阿純摀住耳朵。

「來啦。不過呢，我已經用過晚餐了，」前來為他們開門的老太太這樣說，「我們這些老人，是六點半吃晚餐。好吧，年輕人可能三更半夜才吃飯，但我呢，我可是六點……」

「嘎吱、嘎吱、嘎吱，」阿純模仿著她。她咬字時牙齒嘎吱作響，使阿純好奇不已。

「這小子，他是怎樣？」姨婆邊說邊舉起一隻手臂，似乎要往阿純打下去。

「別管他，他沒有惡意，」克雷博說。

「我呢，我要殺了她。我有鏘鏘槍！」

阿純從長褲口袋掏出一支仿真玩具槍，姨婆尖叫一聲。

「武器！他有武器！」

「那是假槍。」克雷博試圖安撫她。

「對，但它好像真的可以殺人。注意，我說『砰』的時候，你就死翹翹。注意，烙太太……」

阿純穩穩瞄準姨婆，她驚駭萬分，開始尖叫。

「砰！」

姨婆逃進廚房。阿純看著弟弟，眼中滿是驚愕，但也很自豪。

「她很害怕。」

接下來，他還是面露失望：

「她又沒死。我呢，我還有一把刀。」

「改天你再解決她。」

兩人狼吞虎嚥一公斤的麵條之後，鑽進姨婆為他們準備的小房間裡。克雷博拿出他的手機。阿純一直在偷看他。

「你呢，你有一支惦惦話，」阿純用羨慕的口吻說。「為什麼我沒有惦惦話？」

「因為你太小了，」克雷博心不在焉地說。「好，〇一……四八……」

「十二，三，B，一千，一百。」

克雷博用手抹抹額頭。他哥又害他搞不清楚號碼了。反正，打給父親有什麼用？馬呂黎先生心中只有一個解決之道：精神病院。他會叫克雷博把阿純送回瑪俐夸療養院。

「哈囉！」有個淘氣的聲音這樣說。

阿純盤腿坐在床上，背後藏著某個東西。他用挑逗人心的語氣重複好幾次「哈囉」，背後露出兩隻鬆垮垮的灰色布耳朵。他搖晃著那兩隻耳朵。

「就只剩它還沒登場了，」克雷博嘀咕著說。

「這是誰？」

「我不知道。」

他並不急著打斷阿純故作懸疑的快樂。

「開頭是去，」阿純說。

「土撥鼠？」

「不是！」

「彈塗魚？」

阿純笑得喘不過氣。

「兔兔先生？」

「對～～」阿純大嚷，同時揮舞一隻老舊的絨毛兔子布偶，它的雙耳顫抖著。

手機響了。

「是找我的，」阿純苦苦哀求。「是找我的：『喂？』」

克雷博趕緊起身，以免哥哥試圖搶走他的手機。

「喂？爸爸？」

「不對，是找我的，是找我的：『喂？爸爸。』」

「對，一切都好，」克雷博用輕快的語調說，「我們正在和兔兔先生玩，一切都沒問題……老姨婆？她也很好。嗯，不，她不太好。」

克雷博決定實話實說。

「阿純不太喜歡她。他想殺了她。」

克雷博有時不曉得自己講的話聽起來有多嚴重。

「不是啦，不是真的要殺她！是用他的鏘鏘槍……對……對……爸爸，我知道。是我的責任，是我堅持要……對。」

父親為自己辯解的同時，克雷博翻著白眼。阿純是太過沉重的負荷，他會使生活變得艱難無比，必須把他送回瑪俐夸療養院。在這同時，阿純將一整袋摩比積木人偶倒在床上，低聲玩耍，一副專心的樣子。但他一面偷聽克雷博和父親的對話。

「他呢，他不乖，」阿純指著一個黑白牛仔說，「他要去療養院。」

阿純以陰沉的神情擺出一副得逞的樣子。小牛仔被威脅、被打耳光、被注射一針。然後阿純將它放到枕頭下面。

「救命啊！救命啊！」小牛仔嚷著。

克雷博一面看哥哥玩遊戲，一面和父親講電話。

「如果我們能租個房間，那就再好不過了。這樣就不用依賴姨婆……噢不，爸爸，阿純不需要『監視』。他二十二歲了。」

阿純將小牛仔從枕頭下面拿出來，罵它：

「你是個白——痴。我呢，我不想再看到你了。我要挖一個洞。你進去洞裡，然後你就死翹翹，我呢，我不難過你死翹翹。兔兔先生在哪裡？」

他用迷惘的眼神四下搜尋他的兔子。看見兔子時，他猛然鬆一口氣：

「啊～它在這裡。兔兔先生，它要殺掉瑪俐夸。」

床上展開一場恐怖屠殺。兔兔先生落在積木人偶群中，把眾多人偶往天空拋，不然就是將它們砸在牆上。

「兔兔先生揍扁你們，」阿純說得很小聲。

然後他偷偷瞥了弟弟一眼，克雷博正努力爭辯：

「反正我們有從媽媽那邊繼承的遺產，你不需要付我們的房租……對，我知道自己在做什麼。」

父親含糊地答應了。克雷博關掉手機。過了好一會兒，克雷博的雙眼依舊迷茫，手機緊緊貼著胸口。十七歲。克雷博今年十七歲，剛在亨利四世中學註冊就讀高中三年級。他心懷大志，高中畢業後打算申請高等學院預備班，報考明星學校。而他身後跟了一個畸人。他哥哥阿純（本名是巴爾納貝），深信兔子布偶擁有生命的阿純。

「阿純？」

巴爾納貝停下遊戲，回答「我的弟弟！」，彷彿聽見上帝呼喚他似的。

「阿純，你聽我說，我們兩個要去找一間房子住。但我不能隨時隨地陪著你，因為再過十五天，我得回學校上課。」

「學校不好。」

「不對，學校很好。」

「那為什麼我不去學校？」

「我叫你聽我說。如果你要跟我待在一起的話，你得付出一些努力。」

阿純認真傾聽，嘴巴半開半閉，滿腔真誠。

「你知道，你得幫助我。」

阿純迫不及待地跳躍：

「那我把床收好。」

克雷博嘆了口氣：

「很好……」

隔天一早，克雷博便決定去租屋仲介商那兒看看。猶豫一陣之後，他將阿純留在家裡。

「你會乖乖的吧？」

阿純拚命點頭。

「你不會去煩姨婆吧？」

阿純搖頭，但又有點自相矛盾地說：

「我呢，我有刀。」

出門之前，克雷博依舊猶豫不決。突然之間，他決定不要完全切斷自己和哥哥的聯繫，於是將手機交給阿純。阿純又驚喜又恐懼，用雙手捧住手機。克雷博告訴阿純，中午之前他會打過來，問阿純在做什麼。

「你看，電話響的時候，你就按下這個小小的綠色話筒按鍵。」

克雷博出門時，腦中記住的是阿純開心到無法動彈的畫面。大門一關上，阿純便開口大叫：

「兔兔先生！」

他衝進房間，兔子躺在枕頭上昏昏欲睡。

「你幹嘛叫這麼大聲？」兔兔先生問。

「我有惦惦話了！」阿純大嚷。

兔兔先生坐起身來：

「給我！給我！」

「不要，這是我的。四，七，十二，B，一千，一百。」

按完按鍵之後，他把手機拿到耳邊。

「喂？」他說。「喂，先生女士？」

他擺出聽電話的姿勢，接著搖搖手機，然後再度用它貼住耳朵：

「喂，先生女士？……打不通。」

兔兔先生再度躺下，它把長長軟軟的雙臂擱在腦袋下面，假裝不感興趣。

「裡面要有笑笑人，它才會通。」

「世界上沒有笑笑人，」阿純這樣說，他想到手錶的不幸遭遇。

「有，但是要等電話響，笑笑人才會過來。」

阿純盯著兔兔先生看了很久。他想找理由來反駁它。

「算了，」他放下手機說，「我們來玩吧？」

兔兔先生乍看只是一隻老兔子，身上有些地方的布料已經磨成一絲一絲。但只要一講到遊戲，它的耳朵就會拚命左右搖擺，鬆軟無力的雙腿也彷彿裝了彈簧。

「玩什麼？」

「瑪俐夸。」

「又是瑪俐夸！你沒有別的遊戲嗎？」

「但是瑪俐夸很好玩。」

阿純將身子彎向兔兔先生，在它耳邊輕聲說：

「你揍扁他們。」

兔兔先生不得不承認：這遊戲畢竟還是很好玩。

十點左右，當所有摩比人偶坐成一圈阻止牛仔逃跑時，手機響了。

「是找我的，找我的！」阿純大嚷。

他興奮得幾乎發狂，按下電話符號。

「喂？阿純？」克雷博說。

「喂？先生女士？早安，您好嗎？謝謝，我很好，天氣真好，再見，女士。」

「等一下，我是你弟……」

阿純有點嚇到，他轉身對兔兔先生說：

「是笑笑人。」

「打爛惦惦話！」兔兔先生這樣下令，一面原地跳躍。「把它砸到牆上！」

阿純害怕地用力將電話砸向牆壁。然後用腳跟狠狠踩爛它。恢復平靜之後，他彎下身子，端詳破碎的電話。

「你看到他了嗎？」兔兔先生這樣問，同時準備逃跑。

「沒看到……」阿純吞吞吐吐。

「我就知道，」兔兔先生躺回枕頭上說。「他太小太小了！」

被掛斷電話後，克雷博決定回勒莫萬樞機路一趟。他笑著回想阿純在電話中滔滔不絕，用上了所有他知道的大人用語。克雷博想要快樂。租屋仲介的小姐被他煞到了。她和他約好下午去參觀一戶一房一廳的公寓。克雷博覺得，那個女生和那戶公寓，他都有辦法手到擒來。

「阿純！阿純？」

他發現哥哥坐在床上，正在擺弄小牛仔。

「我嚇到你了嗎？哪裡不對勁？」

突然，他看見牆腳那台肚破腸流的電話。

「沒有笑笑人，」阿純懊惱地說。

看房時間約在下午兩點。克雷博不想把阿純留在家裡。相較於十七歲的克雷博，阿純的實際年齡更能讓仲介小姐放心。問題是參觀房子這段時間之內，阿純有沒有辦法擺出二十二歲的樣子來矇騙她。

「你要乖乖的。不要講話。不要到處亂跑。」

克雷博每說一句，阿純就默默點頭。方才克雷博為了電話的事，狠狠罵了他一頓。

「把頭髮梳好。去把你的手洗乾淨。然後呢……我幫你打一條領帶。」

阿純原本賭氣的臉龐變成了欣喜的表情。半小時後，他在玄關的穿衣鏡前欣賞自己的模樣。他穿著襯衫、打著領帶，淺色的西裝外套搭配深色長褲。克雷博的神情沒有哥哥那麼滿足。剪裁得宜的服飾穿在阿純身上，看來像是恐怖嚇人的奇幻角色。

「記住了嗎？一個字都別說！」

克雷博伸出一隻手指壓在他的嘴巴上，好讓哥哥牢牢記住這項指令。當然他其實可以叫阿純佯裝聾啞人士，但這樣做非常冒險，阿純很有可能會親自開口告訴仲介小姐：他是聾啞人士。

待租的小公寓坐落在勒克萊爾將軍大街一幢舊公寓的頂樓。仲介小姐賈姬在公寓裡等待客戶。兩個月前她剛戒煙，用嚼口香糖代替。但她忍不住破了戒，現在正一邊抽菸一邊嚼口香糖。她想著克雷博。可愛的小鬼頭。他有一個哥哥。如果他哥長得像他的話，那就有意思了。賈姬啃著指甲，邊抽菸邊嚼口香糖。

上樓梯前，克雷博向哥哥簡短複述注意事項。

「你什麼都別說，也別動。我希望你可沒把你的鏘鏘槍帶出來？」

「沒有。」

克雷博向上爬了兩階。

「我有刀子，」阿純在他背後說。

克雷博轉過身來：

「刀子究竟是怎麼回事？你的刀子，它在哪？」

阿純眨眨眼睛，沒回答。

「讓我看看吧？」

「不行。」阿純難為情地笑了。

「我要生氣了，你知道嗎，我要生氣了！你想要我生氣嗎？」

克雷博瀕臨爆發邊緣。阿純眼中出現驚慌之情。

「不是真的刀子。」

「讓我看看。」

「係偶的幾吉。」
「什麼？」
阿純也向上爬兩階，站在克雷博身邊，踮起腳尖對他耳語：
「是我的雞雞。」
克雷博傻眼好幾秒。
「你這豬頭。」
「噢，噢，這個字壞壞。」
接下來，只需快步爬上七樓。

見到兄弟兩人走進公寓時，賈姬很驚訝。他們長得很像，但弟弟看起來反而比較年長。他的雙眼很憂鬱，內心的火焰在眸中熊熊燃燒；另一個的眼神則很清澈，像是朝向天空敞開的窗戶，彷彿會有飛鳥經過。克雷博一頭短髮，很適合他臉上魅力十足但控制得宜的微笑。阿純一頭淺黃色的凌亂鬈髮，似乎總是心不在焉。賈姬向他伸出手。
「您好，」她嚼著口香糖說。
阿純早已忘記方才的承諾，他開始背誦：

「午安，您好嗎？謝謝，再……」

「所以這裡就是客廳嗎？」克雷博大聲問，好讓自己的聲音蓋過阿純的聲音。

賈姬嚇了一跳。

「是的，這裡是客廳，您看，採光很好，面朝西南。」

阿純在她面前躁動不安，她不禁盯著他看。

「我有打領帶，」他這樣說，因為不確定這位女士有沒有注意到這件事。

她用一邊嘴角擠出一抹稍縱即逝的微笑，但看起來比較像是臉部抽動。

「的確沒錯，這年頭如果想租到房子，最好給人好印象。」

她覺得不太自在，因此再度從菸盒中拿出一支菸，用打火機點火。

「這樣很危險，」一向被禁止玩火的阿純對她說。

「我知道，我會戒，」賈姬很惱怒。

「所以還有一間房間？」克雷博繼續先前的話題。

「是的，沒錯，房間朝北，比較陰暗，但因為面向中庭，所以很安靜……」

克雷博和賈姬走進房間。阿純沒跟他們一起過去。他環顧四周，目瞪口呆。他弟弟說他們會搬過來住。但這裡沒有椅子、沒有桌子，什麼都沒有！阿純躡手躡腳向前走，怕吵醒這神祕場所的某種妖術。他看見一扇半掩的門，於是推開它。那是一座嵌入式壁櫥，裡面空無一物。阿純面露微笑，將手伸進口袋，拿出兩個摩比積木人偶。他還帶了一大堆雜七雜八的小玩意，他將這些東西陳列在壁櫥的層板上，創造出一戶迷你公寓。他立刻忘記自己身在何方，埋頭在壁櫥裡低聲玩耍。賈姬回到客廳，克雷博跟在她身邊。

「您在看壁櫥嗎？」她對阿純說。「這戶公寓的優點，就是有很多收納空間。」

她將壁櫥的門大大拉開。

「哎呀，有個小朋友忘記把玩具帶走了。不好意思……」

她伸出手，拿走壁櫥中的積木人偶。

「我的摩比！」阿純大吼。

他萬分憤慨，轉頭看著弟弟。

「她偷走我的摩比！我要殺了她。我有刀子！」

賈姬放開積木人偶。她非常驚恐，朝著房間的方向後退。

「阿純，別嚷了！」克雷博大喊。「小姐您別怕，這沒什麼，他智能不足。他……」

阿純趕緊將他的玩具收回口袋裡。

「你們給我離開這裡！出去！」賈姬命令道。

「還好吧，您不需要用這種口氣對我們說話，」克雷博回道。「而且，以您這戶公寓的條件來說，租金實在太高。阿純，過來。這房子，我們不要。」

阿純耀武揚威地看了賈姬一眼：

「首先，這裡連椅子都沒有！」

克雷博在街上不發一語。隨著一天的時光流逝，他覺得自己潛進了一個怪誕荒謬的世界。他變得很機械化。他在人行道的邊緣拉住哥哥，因為阿純打算衝到汽車前方。

「笑笑人是紅色的，」他對克雷博說。

穿越馬路後，阿純敲敲玻璃，後面的笑笑人已變成綠色。克雷博打從內心覺得阿純很可憐。如果找不到解決辦法的話，他就得將阿純送回瑪俐夸療養院。

回家的路上，克雷博注意到一個告示：老樞機旅館的入口處掛著一塊生鏽的鐵板，上面寫著：「房間出租，以週計費。」他想，找到公寓之前，他或許可以在旅館租個房間。他巴不得趕緊逃離姨婆。

「過來，」他抓住阿純的袖子說。

旅館入口的接待處空無一人，飄散著灰塵的味道。櫃檯後面的幾支鑰匙彷彿已經等客人等了很久。

「有人在嗎？」克雷博出聲詢問。

阿純有點擔心，將雙手插進長褲的口袋裡。

「您好，」有個沙啞的聲音在他們身後說。

一位濃妝艷抹、穿著清涼的女生走向他們兄弟倆。阿純喜歡會噴香香的女士。他向她咧嘴一笑。

「你還好嗎？」她抓住他的領帶問道。

克雷博眼睜睜看她這樣做，驚得楞住。

「我有打領帶，」阿純很得意這位女士馬上就注意到這件事。

「小兔子，你要什麼服務？」她瞇著雙眼問他。

阿純一聽見「兔子」，便從口袋中緩緩拉出一個東西。

「哈囉，」他用調皮的語氣說。

他的口袋前端，搖晃著兩隻鬆垮垮的耳朵。

「這是什麼？」她心懷警戒地問。

「這是誰？」阿純糾正她。「開頭是ㄊ。」

克雷博心裡想著「他媽的」，他抓住阿純的袖子。

「你過來，」他悄悄說。

但就在這個時候，阿純抓著兔子耳朵，將它從口袋掏出來，在她眼前近距離搖動它。她嚇得尖叫。

「是兔兔先生！」阿純興奮狂吼。

克雷博將哥哥往街上拖，同時再度聽見她尖聲大嚷：

「這兩個人，有病！」

克雷博並不急著回到姨婆那戶黑壓壓的公寓。他決定讓阿純看看亨利四世中學鑲金白岩的壯麗建築。

「你看，這是我的學校。」

「不好看。」

他們一路散步到盧森堡公園。阿純想讓兔兔先生瞧瞧小帆船。兄弟倆在一座水池邊坐下，阿純將兔子放在膝上。

「你的兔兔磨損了，」克雷博說。「你不該把它硬塞進口袋裡。」

「不是兔兔。是兔兔先生。」

「好的，」克雷博微笑著輕聲說。

他凝視水池周圍那些奔跑著試圖從水裡撈起帆船的孩童們。他將指尖伸入水中拍水，啪搭啪搭。天色暗了。他不在乎。不在乎什麼？不在乎其他人看見阿純和兔子會怎麼想。他將手從水裡抽出來，按著阿純的膝蓋。

「我們走吧？」

「你用水把我弄溼了。」

回家前，他們去街角的小雜貨店買小王子巧克力餅乾。克雷博在櫃檯前邊排隊邊瀏覽客人們張貼的種種告示。突然，他皺起眉頭。命運向他示意：「大學生尋找兩名室友合租公寓。聯絡電話：〇六……」克雷博將電話抄在一張用過的舊地鐵票背面。

回到姨婆家之後，阿純要求泡澡。他拿著一袋摩比人偶進浴室。

「你別把兔兔先生泡進水裡，」克雷博警告他。

「不會。」

「你會把它留在床上。」

「會。」

克雷博一轉身，阿純就用睡衣裹住兔兔先生，溜進浴室。

「你把我悶得喘不過氣！」兔兔先生邊抱怨邊掙脫出來。

它坐在洗衣機上，看著浴缸裡的水越來越滿。

「你放泡泡進去吧？」

阿純打開一個藍色罐子，在水裡倒進超過四分之一瓶。

「繼續倒！繼續倒！」兔兔先生一面尖叫，一面輪流用左腳和右腳原地跳躍。

「這樣是搗蛋，」阿純用嚴厲的口吻說。

兔兔先生佯裝什麼都沒聽見。

「我們來露營吧？」

阿純的摩比積木道具中有帳篷帷幕、滑雪的人們、一艘小船和幾隻企鵝。

這些全部擺在一起，是最最像樣的露營。

「少了一支雪橇，」阿純說。

他將袋子裡的東西全倒在瓷磚地上，東找西找。

「媽的，」兔兔先生說。

「噢，噢，這個字壞壞。」

「誰管它。」

他們笑了起來。然後他們兩個潛入泡泡中，把滑雪的人溺死，把企鵝救起來，在一座又一座冰山之中划船。過了一小時，洗澡水冷掉了，瓷磚地板溼答答，兔兔先生因為泡水而變得好重。

「我有兩噸重，」它說。

「媽的，」阿純說。

他必須告訴克雷博，這裡一團亂。

「真是亂七八糟！而且你又把你的兔子泡進水裡。給我收拾乾淨。」

阿純立刻照辦。所有摩比積木玩具全都消失在袋子裡。

「我掉了一支雪橇。」

「太嚴重了，」克雷博說。

他盡可能將兔子布偶擰乾，用曬衣夾夾住它的耳朵，掛在晾衣繩上。

「你遲早會毀掉這隻兔子。」

阿純看著兔兔先生，聳聳肩膀。搗蛋是要付出代價的。克雷博的目光在布偶上停留的時間比較長。有一天，它會變得破爛不堪。這麼一想，克雷博的心就揪成一團。

第二章
兔兔先生找到一個不怎麼樣的窩的時候

恩佐很討厭早上七點就被雅莉亞和她男友吵醒。聽他們在薄薄的牆壁另一邊做愛，凸顯了他自己身為一隻單身狗的慘況。二十一歲的恩佐是個相當討人喜歡的金髮小子，如果努力一點，應該不難交到女友。但他希望女孩子主動投懷送抱，而不是他自己去勾引她們。究竟是因為懶惰還是自尊問題，他自己也還沒釐清這一點。

「還有咖啡嗎？」寇宏丹走進廚房問道。

「嗯……」

恩佐起得太早，說不出話。

「昨天有個男的打來問分租的事，」寇宏丹說。「要租房子的是他和他弟弟。」

「又是男的。」恩佐嘆了口氣。

勒莫萬樞機路九十九號這戶公寓裡，住了四個年輕人：恩佐、雅莉亞和她男友艾曼紐，還有雅莉亞的弟弟寇宏丹。

「為什麼我們找不到女生來當室友？」恩佐嘰咕抱怨。

「那你去找啊！」

寇宏丹給自己倒了一大碗咖啡。

「那傢伙感覺很好相處。他二十二歲，他弟弟十七歲。」

「等一下，我們可沒說這裡是幼兒園！」

克雷博在電話裡謊稱自己是哥哥。

「他讀的是什麼科系？」

寇宏丹試著回想。

「我忘了。他弟弟是亨利四世中學的高三生。」

「年輕人很討厭，」恩佐咕噥抱怨，「他們會跟你爭論雷鬼音樂的派系，滿嘴聊的都是馬子，還會抽大麻。我討厭小鬼頭。」

「這位老爺爺，請把巧克力榛果醬拿給我。」

「看吧，你就是個小鬼。巧克力榛果醬是小鬼頭在吃的。像我，我吃麵包只喜歡抹蜂蜜。」

「這樣很可愛啊，讓人聯想到小熊維尼。」

「你以為女生會喜歡小熊維尼嗎？頂多只有跳跳虎會愛上我。把巧克力榛果醬還我。」

恩佐把他的湯匙插進榛果醬的罐子裡，一臉憂鬱。

「我一直覺得他是同志。」

「維尼？」

「不是啦！」恩佐被惹毛了。「跳跳虎。」

「欸，拜託你不要直接用你的口水沾榛果醬。真噁心。」

「不是噁心，是像小鬼頭。」

寇宏丹嘆了口氣。像這樣的早晨，恩佐是吐不出什麼象牙的。

「男孩們，早安！」

雅莉亞出現了，她的雙頰仍舊瀰漫著激情過後的緋紅色澤，短髮亂翹，睡衣沒扣好，性感得令人驚心動魄。她親吻弟弟的臉頰向他問好，拍了恩佐的後腦杓一下，大口咬住一塊硬麵包。她充滿魅力，又一點都不在意自己會引發什麼反應。恩佐和寇宏丹盯著她瞧，目瞪口呆。

「新室友幾點到？」她邊問邊坐下，一腳彎起來壓在臀部下面。

「等一下，我又不一定會喜歡他們！」恩佐說。

「他們更可能會不喜歡房間吧，」雅莉亞回道。

他們四個已經挑走了最好的房間。剩下的兩個房間又小又冷，很不舒適。

艾曼紐走進廚房。他二十五歲，是這群室友當中最年長的。

「跳跳虎來了，」恩佐這樣招呼他。

艾曼紐用懷疑的微笑看著恩佐。

「為什麼是跳跳虎？」

寇宏丹笑了出來。

「因為我呢，我是小熊維尼，」恩佐伸著懶腰回答。「寇宏丹是兔子瑞比。」

「他總是這麼白痴，」艾曼紐低聲發牢騷。

「對了，你很適合當驢子屹耳。」

恩佐開始模仿屹耳沮喪的聲調：

「早安，如果這個早上還能算安……」

艾曼紐愕然看了雅莉亞一眼。這傢伙在大學主修的還是文學！雅莉亞在恩佐後腦杓再拍一下以示懲罰，恩佐反擊，用手指戳她腹股溝最怕癢的地方。雅莉亞尖叫一聲，用拳頭猛揍恩佐。艾曼紐杵在原地，有點狼狽。

「夠了！大家冷靜一點！」

恩佐突然站起身來，指著椅子對艾曼紐說。

「你坐吧，椅子已經暖好了。」

兩人以目光對峙。艾曼紐盯著恩佐，感覺眼前這名年輕男子想要取代他的寶座。

早餐時間結束後，每個人各自開始他們當天的活動。恩佐回到房間，躺在床上。

「你在忙嗎？」

寇宏丹進入恩佐房間。

「你想太多，」恩佐用一側手肘撐起身子。

「你在做什麼？」

「什麼都不做。」

寇宏丹坐了下來。他是個善良的男孩，打從國一那年就很崇拜恩佐。

「他們會過來喝咖啡。」

「誰？」恩佐用一副要死不活的聲音說。

他躺回床上，彷彿再也無法承受世界的重量。

「新室友。嗯，應該說是應徵者。你得見見他們。」

寇宏丹認為，如果恩佐同意的話，這對兄弟就能住進來。如果恩佐說不，那他們就會被拒絕。

「煩死了，」恩佐閉著雙眼喃喃說道。

「你怎麼了？」

寇宏丹並不擅長解讀人心，但他猜得到恩佐心中有什麼事情不對勁。

「我……」

恩佐突然起身，握拳敲了牆壁一下。

「我不喜歡早上七點被你姊和那個解剖屍體的傢伙吵醒！」

艾曼紐讀的是醫學院，雅莉亞也是。恩佐躺回床上，因為說出真心話而不太高興。

「你暗戀某人？」最後，寇宏丹這樣問。

「暗戀什麼？胡說八道！這是……分寸問題。他們應該想到我就在牆另一邊。」

寇宏丹沒有繼續問下去。他很尊敬姊姊，也滿敬佩艾曼紐，他很高大、雄壯，很用功，雖然不太風趣。他站起身來，嘆氣：

「你中午會在這裡嗎？」

「不然我還會在哪裡？」

果然，今天早上，恩佐吐不出象牙。

至於克雷博，他整個上午都很緊張。

他該怎麼介紹哥哥呢？要讓阿純說話嗎？

「你洗手了嗎？」

這是阿純第十次洗手。弟弟的煩躁不安讓他也跟著慌亂起來。

「總之，你不要帶鏘鏘槍，懂了嗎？」

「我有刀子。」

克雷博用比平常更加兇狠的眼神瞪他。

「偶歹突突，」阿純含糊不清地說。

「什麼？」

阿純踮起腳尖，對著弟弟耳語：

「我可以帶兔兔先生嗎？」

他苦苦哀求。克雷博猶豫了一下，但他想到這隻兔子的外觀會嚇到人，便斬釘截鐵地說：

「把它留在家裡。」

但是出門時，克雷博去拿他的新手機，阿純趁機將兔兔先生塞進口袋。

「為什麼我沒有惦惦話？」阿純一臉無辜地問。

「因為你把我的摔壞了。」

「為什麼我會摔壞你的惦惦話？」

「因為你是豬頭。」

「噢，噢……」

「對，對，這個字壞壞！」

克雷博變得歇斯底里。

那戶分租公寓離這裡只有兩個街角。

「按鈕，我要按，我要按！」阿純在對講機前大嚷。

克雷博抓住阿純身上那件套頭衫的衣領。

「你給我聽好。要麼你就安安靜靜，要麼我就把你送回瑪俐夸療養院。」
阿純頓時臉色慘白，克雷博隨即覺得內疚。他按下標示「合租」的按鈕。
「是誰？」女生的聲音。
「馬呂黎先生。」
這幢建築的入口看起來很高級。門房掀起簾子，端詳著兄弟倆。克雷博決定不搭那台年代久遠的鑄鐵欄杆電梯，選擇爬樓梯上樓。阿純被紅色地氈嚇到了，他踮著腳爬樓梯，彷彿害怕將蛋踩破。
「您不敢搭那台電梯嗎？」迎接他們的是雅莉亞。「您好……您是巴爾納貝？」她這樣問克雷博。他比阿純高一個頭，她以為他是哥哥。
「不，我是克雷博。」
「啊？真不好意思。我可以直呼『你』吧？」
兄弟倆進入公寓。雅莉亞向阿純伸出手：
「那麼您就是巴爾納貝了吧。我是雅莉亞。」
一陣尷尬，因為阿純和雅莉亞握手時一言不發。
「那麼……呃……其他人都在客廳喝咖啡，」她有點緊繃。「進來吧！」
艾曼紐正在閱讀，寇宏丹抽著菸，恩佐什麼都不做。一壺咖啡和幾個杯子等在桌上，旁邊還有一盤餅乾。兄弟倆走進客廳時，眾人喧譁地招呼「午安」。
所有人在桌旁坐下，艾曼紐開始主導面試：
「所以，您正在找房子？」
克雷博開始說明，他們目前暫時借住在一名年邁的親戚家裡，很想搬出來。
「您就讀什麼科系？」艾曼紐這樣問，他和雅莉亞一樣，以為克雷博是哥哥。
「我正要開始高三的課業。」
所有人都看向阿純。他將雙手藏在桌子下面，低垂著頭。
「對，沒錯，」克雷博說。「他才是哥哥。他是低能……他智能不足。」
一陣沉默，克雷博亂了陣腳。
「對，我也知道……這會造成你們的困擾，」他輕聲說道。
雅莉亞心生同情。
「他是啞巴？」
「噢，不是的！他只是嚇呆了。」
現在阿純低著頭向下張望，這可不會給人好印象。
「阿純，你要不要說說話？」克雷博對他耳語。
阿純搖搖頭，一臉怕生的模樣。

「是天生的嗎？」艾曼紐問道。
「對。他們認為……總之，應該是妊娠過程的因素造成的。」
「類似自閉症嗎？」艾曼紐繼續問。
「噢！這可不是問診！」恩佐提出異議。
恩佐轉頭對克雷博說：
「好了，這可沒辦法，你也知道，我們都是大學生。如果只有你要租的話，我們會二話不說讓你搬進來。但你哥哥，可不能放任他在外面亂跑。應該把他送去那種……專門的地方。」
雅莉亞義憤填膺瞪他一眼。
「別這樣，我也是個好心腸的人！」恩佐辯駁道。「但這種事超過我們的能力。我們不能負責……」
「要看他的病有哪些症狀，」艾曼紐說。
恩佐一旦表態，艾曼紐就一定抱持反對意見。
「他有服用藥物嗎？」他問克雷博。「他接受日間照護嗎？」
阿純喃喃說：
「偶哪丙乾。」

「啊，他會出聲！」恩佐說。

阿純對著雅莉亞開口，而且只對她一個人說：

「我可以拿一塊餅乾嗎？」

「可以，拿去……」

她捏起一塊餅乾遞給阿純，彷彿他是一隻小狗。克雷博從未覺得這麼屈辱。他再試最後一次：

「事實上，他的智商只有三歲。」

「是喔？就和寇宏丹一樣，」恩佐一向喜歡調侃寇宏丹。

這笑話緩和了緊張的氣氛。雅莉亞幫大家倒咖啡。

「他可以喝咖啡嗎？」她問克雷博。

「不行，這樣會對他造成刺激，」艾曼紐插嘴說道。

這批年輕人的愚昧程度讓克雷博沮喪不已。他們比姨婆更糟糕！但克雷博越來越痛苦的同時，阿純卻變得大膽起來。或許是因為餅乾和雅莉亞的笑容吧。

「這位女士，她好漂亮，」阿純說話的對象，似乎是手中的餅乾。

「追根究柢，他比寇宏丹成熟，」恩佐說。

阿純端詳恩佐，害羞地指著他，悄悄問弟弟：

「他叫什麼名字？」

「我叫做小熊維尼，」恩佐自我介紹。「至於他呢（恩佐指著寇宏丹），他是兔子瑞比。」

阿純一聽見「兔子」這兩個字，便將手伸進口袋，桌面隨即出現兩隻耳朵。

「哈囉，」阿純搖晃著兩隻耳朵說。

「這是什麼？」恩佐一臉嫌惡。

「這是誰？」阿純洋洋得意地糾正他。「開頭是ㄊ。」

「是兔兔先生，」克雷博恨不得痛苦快點結束。

「對～～～！」

阿純抓著兔子耳朵拚命搖晃。艾曼紐向後一縮，緊靠椅背。

「喂喂！他陷入這種狀況時，不需要吃藥嗎？」

恩佐看見艾曼紐如此擔心，便採取相反態度：

「等等，這傢伙很好玩！而且他有一隻很棒的兔子。」

「我呢，我有一把刀，」阿純說。

「至於我呢，我有一把軍刀！」恩佐用孩子氣的口吻說。

阿純笑了起來，彷彿他能聽懂這個笑話似的。

「他的個性似乎還不錯，」寇宏丹說。

他看出恩佐正在改變心意，於是再推一把。

「他的感情很豐富，」克雷博表示肯定，他心中突然再度燃起一絲希望。

這時，他想自己應該趁機和他們聊聊惦惦話、鏘鏘槍，以及所有為他哥哥的生活增添魅力的細節。雅莉亞倒了一點咖啡給阿純，他小口舔著，同時用各式各樣的表情做鬼臉。

「你們要看看房間嗎？」接下來，她這樣提議。

克雷博簡直不敢相信自己的耳朵。他們或許不會被拒絕。

待租的兩間空房位在走廊盡頭。房間裡的家具很少，淒慘的壁紙像發黃的尿漬。克雷博心花怒放。兩個房間可以相通。

阿純得知其中一間會是他的房間時，他表示：

「這裡好醜。」

陪在他們身邊的雅莉亞表示同意：

「我們很自私，把最漂亮的房間都選走了。」

「一點關係都沒有。我們會住得很好。」

克雷博很快樂，他喜形於色。雅莉亞的人生確實一向很自私，她因此感到喜悅。她幫助了一個很不賴的傢伙，以及他殘障的哥哥。

「那麼，」她快活地說，「你們什麼時候搬進來住？」

接下來要討論的是金錢問題，阿純可能會覺得無聊。

「我把你的玩具帶來了，」克雷博對哥哥說。

他打開背包，拿出一些摩比積木人偶。

「你有帶鏘鏘槍嗎？」

「沒有，我沒帶。」

「你有。摩比積木牛仔的摩比鏘鏘槍，」阿純繼續堅持。

雅莉亞看著兄弟倆，儘管她一片好心，卻還是有點驚慌失措。

「呃……我去客廳等你，」她說。

她一走出房間，克雷博就抓住阿純的套頭衫。

「你給我聽好……」

「我不要去瑪俐夸療養院，」阿純哀求他。

「不會的，你不會去那兒。」

他輕聲囁語：

「他們會接受我們。我們會搬過來住。但你要乖乖的。我可以留你一個人在房間裡玩嗎？」

「我不是一個人！」

他搖晃他的兔子。克雷博環顧房間一圈，確定房裡沒有鬧鐘也沒有電話，沒有任何會讓人懷疑裡面躲了笑笑人的物件。然後他回到客廳。

「太棒了，」一進客廳，他就這樣說。

他接受了租金條件、眾人分攤的家事，以及共同生活的公約。接下來是比較尷尬的問題。

「你去上課時，誰來照顧你哥哥？」艾曼紐問道。

「他很習慣獨處。他會玩玩具、塗著色本、看他的繪本……」

「電視呢？」寇宏丹問。

「不常。比較常看卡通錄影帶。」

「我有整套《小熊維尼》，」恩佐說。

他很高興公寓裡有個白痴。

克雷博試著討好室友的同時，兔兔先生進駐它的新地盤。

「這裡不怎麼樣，」它說。

接著它看見大床上的棉被。

「我們來蓋洞窟吧？」

很少人知道，棉被可以蓋出很棒的兔子窩。阿純把它從床上扯下來，用枕頭和長枕建造棉被山洞。接著兔兔先生將耳朵探進去。

「裡面，好嗎？」阿純問。

兔兔先生整個身子都鑽了進去，它用悶悶的聲音抱怨：

「不怎麼樣。」

它鑽了出來：

「連一把椅子都沒有。」

「對，但是很安靜，北邊，南邊，西南邊，」阿純開始背誦，這是最近從房屋仲介那邊學來的。

「你沒有椅子嗎？」兔兔先生很堅持。

阿純看看四周，拍了額頭一下。他有椅子！架子上擺了幾本書，是很棒的兔子家具。所有書本都消失在棉被下面，變成桌子、椅子和床。

「床太硬了！」兔兔先生很不滿。

一條小桌布摺疊起來，當做床墊。阿純在兔兔先生的洞窟裡面窩太久，覺得很熱。他脫下套頭衫，然後是襯衫、鞋子、襪子。

「我呢，我全身都光溜溜，」兔兔先生鼓勵他。「你也應該脫光光。」

因為刀子的關係，阿純拒絕了。玩了一個小時之後，房間已亂成一團，地氈上散落著玩具和衣物，床上也亂糟糟的。克雷博回來找哥哥，恩佐跟在他身邊。

「阿純，你在做什麼？」

他看看四周，似乎多少有點內疚。

「我在搗亂。」

恩佐走進房間。

「你老哥在這麼短的時間就弄得一片狼藉，真是破紀錄。」

「他會收拾乾淨。」

現在已經四點多，克雷博不生氣了。

「把這全部收好，」他說。「你為什麼脫衣服？」

「為了學兔子。」

接下來幾天過得非常愉快。馬呂黎兄弟倆搬家了。更確切地說，是克雷博負責打包他們的所有家當，阿純則向兔兔先生敘述他們的準備工作。

「這是我人生中最美好的一天，」當克雷博在一件家具下面找到摩比積木人偶的另一支雪橇時，阿純這樣說。

那一刻，如果有人向克雷博提議用一個正常人來交換他哥，他會拒絕。

「過來，我們去跟姨婆道別。」

克雷博親吻姨婆，感謝她的款待。

「阿純，過來親姨婆一下吧？」

「不要。她好臭。」

兩兄弟很快就置身街頭。

走到對講機前時，克雷博讓哥哥去按那個標示「合租」的按鈕。但阿純太興奮，沒辦法只按一個按鍵，結果他按了所有按鍵，還嘀咕著：

「七，九，十二，B，一千，一百。」

「喂？」

「誰啊？」

「是誰？」

阿純用奇怪的神情看著對講機：

「裡面有好多笑笑人。」

門房掀起簾子，盯著這兩名新住戶走過面前。

四名大學生聚在客廳，慶祝馬呂黎兄弟入住。搬家期間，克雷博已和他們聊過幾次。但阿純自從上次參觀房子之後就沒再回來過。他和上次一樣，顯得很害怕。他緊緊抓住他那裝滿玩具的背包。

「他喝酒嗎？」雅莉亞問克雷博。

「不行，妳想想，」艾曼紐說，「酒精和藥物不可混用。」

這位準醫師依舊深信阿純服用很多安定劑。他轉身問克雷博：

「是分娩過程造成大腦部分受損嗎？」

「艾曼紐，你真好心，」恩佐插話，「但是請你等他死掉之後再來寫你的驗屍報告。不聊這個了，兔兔先生搬來這裡開心嗎？」

「它是個布偶，」阿純回道。

沒經阿純邀請，可別想進入他的世界。

「沒有餅乾嗎？」他問雅莉亞。

「今天是開胃小餅。」

大夥坐下，倒飲料來喝，閒聊，但每個人都偷瞄阿純的舉動。他先是拿起一個椒鹽卷餅，嚐了一口，小聲說「便便」，然後將它放回碗裡，接下來他又咬了一口乳酪小餅，發出一聲「噁」，又將它也放回碗裡。

「不不，等一下，他總不會每樣都咬一口吧！」恩佐不禁抗議。

「你也和他差不多一樣噁心，」雅莉亞說。

「什麼？」

「你直接用口水沾巧克力榛果醬時就是這樣！」

如今，阿純正「呸，呸，呸」地把鹹杏仁吐在菸灰缸上。恩佐失去耐心：

「但他實在太髒了！」

克雷博抓起哥哥的衣袖，不由分說強迫他站起來。

「我還沒試所有開喂餅！」阿純很生氣。

「跟我進房間。你很不乖。過來，拿起你的背包，跟我走。」

兄弟倆離去之後，客廳一陣尷尬沉默。

「這事兒還是不太妙，」寇宏丹這樣說。

第三章

兔兔先生希望每個人都有那一根的時候

阿純習慣早起。先前克雷博已經教他學會在床上靜靜閱讀繪本，等弟弟起床。但是這一天，分租公寓的美妙世界向他微敞門扉，他無法再待在原地不動。他並未多想就來到走廊，身上還穿著睡衣，打著赤腳。整戶公寓都沉浸在清晨時分幸福至極的一片懶洋洋之中。阿純知道大家都還在睡，於是對自己說「噓」。他走到走廊中央。寂靜在他眼中顯得很可怕。他跑回房間，一躍，跳回床上。

「你看到什麼了？」兔兔先生問他。

「什麼都沒有。」

太可怕了。

「你陪我來吧？」阿純問道。

「不如來蓋兔子窩吧？」

但阿純被未知的事物給吸引住了。他抓起兔兔先生的耳朵，再度回到走廊上。他躡手躡腳走著，然後停在一扇緊閉的門前。門內傳出一些很神祕的聲音。阿純將耳朵貼在門上，猜想有兩種可能：要麼就是兩隻狗狗在床上打架，要麼就是對講機裡的笑笑人在床墊上跳來跳去。阿純忍住從鑰匙孔偷看的欲望，往客廳那邊走遠。

看見茶几上還殘留一些食物時，他得意洋洋地歡呼一聲「啊！」。茶几上擺了一些迷你起司乾酪，昨晚克雷博沒給他足夠時間來品嚐。他剝開一塊胡椒口味乾酪的包裝紙，在嘴裡壓扁它。他滿臉通紅，趕快將這一團辣辣的糊狀物吐出來。

「這有毒，有毒！」兔兔先生一面跳躍一面大嚷。「來，喝水！」

它將一瓶威士忌推給阿純。阿純倒了半杯多，喝下去。他以為自己要窒息了。

「你會死翹翹！」兔兔先生很興奮。

阿純衝進廚房，打開水龍頭，將頭湊過去。他喝了水，然後站直身子，忘記關上水龍頭。他看到一個很有意思的東西。

「火，」他對兔兔先生說。

菸灰缸旁邊有一個打火機。阿純用指尖碰它，看火焰會不會冒出來。

「拿走它，拿走它！」兔兔先生鼓勵阿純。

「裡面沒有笑笑人？」

「沒有！就算有也燒光了。」

阿純一面盯著天花板，一面拿走打火機。他不想看見自己的手正在做什麼，因為克雷博一定不會同意。他覺得自己好罪過，因此被開門聲嚇了一跳。他將打火機藏進袖子裡，準備回房間去。但是公寓大太，阿純弄錯方向，往浴室直直走去，而雅莉亞才剛裹著艾曼紐的T恤溜進浴室。現在才早上七點，她認為所有室友都還在睡，因此她從不在這個時候鎖門。她跨進浴缸，轉開水龍頭，拿起蓮蓬頭……然後尖叫一聲。阿純推開浴室的門。

「你在這裡做什麼？走開！」

阿純盯著她瞧，眼睛幾乎快從眼眶裡蹦出來。

「妳沒有那一根？」

雅莉亞用一隻手遮住裸露的重點部位，像夏娃突然驚覺自己裸體一樣。

「妳的屁股後面，也沒有一根尾巴嗎？」阿純很堅持地繼續問，他已陷入混亂。

雅莉亞沒有回答，而是用蓮蓬頭的水沖向阿純，他掙扎後退。

「她把我淋得溼答答，」他很不高興地說。

「我也是，」兔兔先生說。

他們兩個一起跑到公寓另一頭，把自己關在房間裡。

「她好兇，」阿純說。

但這並非他苦惱的原因。

「你看到了嗎？她沒有那一根。」

「女生嘛，」兔兔先生躺上枕頭說。

「她們沒有那一根？」

「沒有。」

阿純非常驚惶。

「或許有，但是比較小？所以看不到……」

「很小很小？」兔兔先生這樣問自己。

阿純不喜歡思考太抽象的事。他放棄這道棘手的難題，搖晃睡衣的袖子。

他欣賞一番自己的戰利品，將它藏在衣櫃裡一件運動衫的下面。

艾曼紐一進廚房，就馬上看見水龍頭沒關。

「又是恩佐的傑作，」他邊說邊把它關緊。

一想到這位年輕的競爭對手，艾曼紐的嘴角便揚起一抹輕蔑的微笑。他剛和雅莉亞做完愛，覺得自己很帥、很有力量，充滿男性的英勇氣概。他知道自己很快就會成為巴黎市立醫院的住院實習醫生，他會娶雅莉亞，生幾個孩子。而在這同時，恩佐會繼續無所事事、遊手好閒。

他動手準備煮咖啡，喃喃計算自己舀了幾匙咖啡粉。

「五、六……」

「十二，九，B，一千，一百。」

艾曼紐嚇了一跳，轉過身去。

「啊，是您……是你……」

他不禁捨棄敬稱。他很想用第三人稱與阿純交談，把他擺得遠遠的，擺在瘋子的國度裡。

「您……你今天早上吃藥了嗎？」

「你的要要，不好。」

阿純的聲音裡有敵意。艾曼紐讓他想到瑪俐夸療養院。

「他在這裡啊，」雅莉亞走進廚房說。

艾曼紐鬆了一口氣。

「恩佐忘了關水龍頭，」他說。

「恩佐？你確定嗎？」

雅莉亞用眼神詢問阿純。

「不是我，是兔兔先生。」

「兔子真強壯，要扛好多黑鍋，」艾曼紐低聲抱怨。

他再舀兩匙咖啡粉，然後說：

「妳不覺得我們選錯室友了嗎？」

雅莉亞向他暗示，新室友就在旁邊。

「妳不用顧慮，」艾曼紐說，「他是低能兒。」

「是白——痴，」阿純糾正他。

「他完全聽得懂我們在說什麼，」雅莉亞說。

兩人坐下吃早餐，不再注意阿純。他們在麵包上塗醬，彼此說著「親愛的，請給我奶油」、「寶貝，把果醬給我」。阿純餓了，他試著對雅莉亞說：

「親愛的，請給我一塊餅乾。」

她放聲大笑，起身從櫥櫃裡拿出餅乾。

「拿去，小寶貝。」

「我不是小寶貝。我有一把刀。」

艾曼紐猛然擱下馬克杯，喃喃自語：

「太扯了。」

「你冷靜一點，」雅莉亞對他說。「他又不妨礙我們。」

「是嗎？妳真的這樣認為？」

「沒錯，我就是這樣認為。」

兩人瞪著對方。

「這位女士，她人好好，」阿純對手中的餅乾說。「但是呢，她沒有那一根。」

艾曼紐站起身來：

「我無法忍受。我……我回房間去了。」

真讓人難以置信，艾曼紐從不懷疑自己，卻因為阿純而顯得狼狽。雅莉亞獨自吃完早餐，阿純則拿著三支湯匙低聲玩耍。兩支大湯匙是爸爸和媽媽。茶匙則是小寶寶。

「你是個白——痴，」湯匙爸爸對小寶寶說。「我呢，我不要你了。」

雅莉亞原本還在嘔氣，沉溺在胡思亂想之中。現在她傾聽阿純玩遊戲。

「湯匙媽媽，她會死翹翹。湯匙爸爸呢，他會把小寶寶送去療養院。就這個碗吧。」

阿純把茶匙泡進碗裡喝剩的咖啡中。

「救命啊，我沉下去了！噗咚，噗咚，我沉下去……湯匙寶寶會死翹翹在瑪俐夸，弟弟會帶他去另一棟房子……」

阿純在桌上東找西找。他看見雅莉亞的碗旁邊有支湯匙。他伸出食指和中指，讓兩隻手指像人偶的雙腿一樣朝湯匙走去，然後抬頭對雅莉亞說：

「我需要那支湯匙，」他小小聲地說。

她將它遞給他。阿純面露一個燦爛的微笑。

「這是弟弟，」他向她說明。

「他會去療養院把湯匙寶寶帶出來？」

阿純點頭，他的表情是如此幸福，雅莉亞不禁熱淚盈眶。

「你在這裡開心嗎？」

他再度點點頭。

「但是呢，或許它會長出來，」他說。

「什麼東西會長出來？」

「妳的那一根。」

恩佐不是早起的人。但是雅莉亞和艾曼紐的激情戲，又再度把他從夢鄉裡硬生生喚醒。他傾聽隔壁的聲音，在床上輾轉反側，找事做，讀點書，然後起床，滿腔怒火。

恩佐擁有他自己的祕密天地：一本大大的小方格筆記。那是他的避風港。十五歲那年，他寫了一些詩，寇宏丹覺得很棒。十七歲時，他開始寫作一些幽默詼諧的短篇小說，寇宏丹認為是天才之作。現在他寫的是長篇小說，但沒告訴任何人。十一點左右，他走出房間，肚子很餓、頭很痛，剛寫完半章小說。故事情節描述一名年輕男子委託他人幫忙做愛，同時一面傾聽牆另一邊的室友的動靜。

「早安，維尼，」阿純在客廳向他問好。

「嗨，白痴。其實呢，我叫做恩佐。」

「我呢，其實呢，我是阿純。」

「你很懂得回話嘛，」恩佐癱在沙發上。

阿純在靠墊上擺了一堆亂七八糟的東西，恩佐用手背把它們全部揮到地上。

「你想，克雷博死翹翹了嗎？」阿純問他。

「他沒起床？」

阿純搖搖頭。

「他可能只是快要死掉而已，」恩佐這樣安慰阿純。

他從地上撿起一個摩比積木人偶。

「他是牛仔。」

「嗯哼。我以前有一組藍衫軍（Tuniques bleues），」恩佐回憶道。「他們是最強的。」

「不對，警長才是最強的。」

「不對，藍衫軍才是。」

「警長才是。」

他們四目交接看著對方。阿純不肯妥協。

「你很機車，嗯？」

「噢，噢，這個字壞壞。」

恩佐將頭靠在沙發上，疲憊地笑。

「我呢，我想要克雷博。」

阿純很擔心。恩佐站起身來。他覺得克雷博讓室友負責照顧白痴，未免有點厚臉皮。

「來，我們去叫他起床。」

克雷博深深沉睡。他已好久沒有睡得這麼安穩。阿純跳上他的床，搖晃他。克雷博坐起來，頭昏腦脹，尋找他的眼鏡，然後看見恩佐。

「現在幾點？」

「下午六點。」

克雷博拿起床頭櫃上的手錶。快中午了。

「媽的！」

「噢，噢，這個字壞壞。」阿純和恩佐異口同聲。

他們回到客廳，等克雷博著裝準備。大門開了，是寇宏丹。

「我出去買了一支新打火機，」寇宏丹對恩佐說。「我不知道把原本那支放哪去了。」

他瞥了阿純一眼：

「他還好嗎？」

「他很好，我正在接受他給我的再教育，」恩佐回道。

他拍了阿純肩膀一下：

「我還有很多東西要學呢，是吧？」

「很痛欸，」阿純抱怨。

克雷博很快重新接手照顧哥哥的任務。天氣很好，他決定帶阿純去散步。下樓時，有個老先生一手握著樓梯扶手，另一手拄著拐杖，似乎正在等待他們兄弟倆。

「你們又把垃圾管道[2]給堵住了！」他說。「我要告訴社區管委會。我實在

2 譯註：法國許多舊式公寓設有垃圾管道，從各層樓的樓梯間或公寓內部直通一樓垃圾間，住戶不需下樓即可丟垃圾。

是受夠了！」

克雷博挑眉，沒回答。

「這兩個是新來的！」老人怒道。「那戶公寓到底住了多少人？」

靜靜等暴風通過比較好，克雷博這樣認為。但阿純卻大聲說：

「這個人，他有一根拐杖。他會很快死翹翹！」

克雷博拚命壓抑自己不要爆笑出聲，他將阿純往街上推。

「阿純，我們去幫大家買點東西。咖啡喝完了，也沒有果汁。」

「柳橙汁。」

對阿純來說，果汁就是柳橙汁，冰淇淋永遠是香草口味，麵條只會搭配番茄醬。

「你想我也會死翹翹嗎？」阿純問道。

「你還小。」

「但等我不小了的時候……」

克雷博微笑。

「你永遠都會是小孩子。但是每個人都會有死掉的一天。你的話，是很久很久以後的事。」

「十二？」

「超過十二年。」

「一千，二十，B，一百？」

「差不多是這樣吧。」

阿純認真思考這個數字。

「你呢，你什麼時候會死翹翹？」

「我不知道。我們可以換個話題嗎？」

阿純想要像大人一樣聊天。

「克雷博，你了解女生嗎？」

克雷博猜，阿純想多了解她們一點。

「你指的是雅莉亞嗎？她很漂亮，是這樣嗎？」

阿純沒答腔。看來，他弟弟似乎不知道女生身上有問題。他們走進一間商場。超市門口站了一名警衛，他頭戴鴨舌帽，兩腳站得很開，雙手交叉放在褲子前面的拉鍊前方，彷彿害怕有人會攻擊這個部位似的。

「他是君人，」阿純伸手指著他說。

「你不要再用手指別人。」

走遠一點之後，阿純開始放慢腳步。他們面前陳列著一排又一排兒童繪本。

「我什麼都不會買，」克雷博聲明。

阿純停下腳步，兩眼瞪得大大的。

「你在看什麼？」

阿純指著一本淺粉紅色的繪本，封面上是兩隻兔子雙臂交叉、背對背，似乎正在鬧彆扭。克雷博低聲唸出書名：

「《我的小兔子戀愛了》。」

原來如此，兩隻兔子當中有一隻是母的。阿純指著牠說：

「這隻兔子是女生。」

克雷博拉扯阿純的袖子，但阿純的腳底彷彿生了根。

「這隻兔子是女生。」他再說一次，彷彿這是一件很重要的事。

克雷博嘆口氣，翻翻這本書。最後一幅畫面，是兩隻兔子溫柔地交纏在一起。

「我不知道這適不適合你的年紀，」克雷博半帶認真地說。

阿純一回到公寓，就飛奔到公寓另一頭：

「兔兔先生！我有一本兔子的書！」

「給我看，給我看！」

阿純先將房門關上，然後把故事書放在兔兔先生面前。

「這本書是《我的小兔子戀愛了》，」他說。

兔兔先生跳了起來：

「有一個兔兔女士，在這裡，在這裡！」

「你戀愛了，」阿純嘲笑它。

兔兔先生親吻封面上的兔兔女士，親了好多下。

「你做愛嗎？」阿純問它。

他們面面相覷。這事不太簡單。

傍晚，住在樓下的老先生過來按門鈴時，一切都變複雜了。

「韋爾德神先生，」恩佐用上流社會的社交口吻向他打招呼。「韋爾德神太太近來可好？」

「您夠了！」老先生怒叱。「你們又把垃圾管道給堵住了！我已經跟你們講過，千萬別丟大型物品進去。」

他走進公寓，用拐杖指著恩佐，讓人覺得他似乎一點都不需要拄拐杖。

「剛才詛咒我死的那個小流氓在哪裡？您別騙我，我知道他住在這裡！」

他四下張望。

「我要向社區管委會投訴。哎呀，這女的出現了！」

他一向這樣問候雅莉亞。她聽見他洪亮的嗓門而來到客廳。

「啊，就是他！」他一見阿純便嚷著。「我警告您：您要是不向我道歉的話，我就投訴社區管委會。」

克雷博介入調解：

「先生，我哥哥智能不足。他並不想冒犯您。」

「原來他是瘋子！」韋爾德神先生尖聲喊叫。「你們無權把這玩意留在這裡！這兒可是高級公寓。他會放火燒掉房子！」

阿純看著他，眼睛瞪得大大的。這個人怎麼會知道他偷了打火機？韋爾德神這個名字，聽起來好嚇人。

「我們跟您說他是低能兒，」恩佐很惱怒。「不是瘋子。」

「是白——痴，」阿純小小聲地說。

「而且這不關您的事，」雅莉亞說。

「親愛的小姐，這可就難說了。社區管委會下星期會開會，我向您保證，我一定會提出這點。」

下樓時，韋爾德神先生回想自己在這戶公寓見過的所有男孩，至今已有五個。五男一女。他們有排順序輪流來嗎？

「我呢，我要殺了他！」老先生離開後，阿純說。「我有鏘鏘槍。」

他從口袋中掏出槍來。雅莉亞、寇宏丹和恩佐都嚇了一跳。

「等等，這玩意是哪兒來的？」恩佐問道。

「是假槍，」克雷博有點難為情。「一點都不危險。」

恩佐向阿純伸出手。

「讓我瞧瞧。」

「看完要還我。」

恩佐掂掂槍的重量，擺出一副內行的樣子，然後作勢瞄準雅莉亞。他伸直手臂拿著槍，對著她停格很久。

「夠了喔？」她被惹毛了。

他感覺自己雙唇發燙，好想對她大嚷：

「妳等著瞧，我會征服妳！」

但他只是垂下手臂。沒那麼簡單。

第四章

兔兔先生去望彌撒卻忘記回來的時候

星期天早上，寇宏丹看見阿純和克雷博盛裝打扮，非常訝異。

「你們穿成這樣是要去哪？」

「望彌撒。」

「現在還有彌撒？」

他總隱約以為，魚肝油和揮衣鞭退流行的時候，彌撒也一併廢除了。

下樓梯時，阿純問克雷博，一定要去嗎。

「對，」克雷博回答。

「很久嗎？」

「一小時。」

「二，就像是十二？」

「二，就像是一。」

週日早上，克雷博話不多。兄弟倆進教堂時已經遲到，他們悄悄在最後一排坐下。幾分鐘的時間內，阿純胡亂說了不少次「阿們」和「八里路呀」。

「是哈利路亞，」克雷博小聲告訴他。「又不是跑馬拉松。」

這時，兩個比他們更晚到的人進入教堂，一個是拄拐杖的老先生，另一個則是他太太，體型豐滿圓潤，比他年輕多了。

「往前走，往前走，」她一面輕聲囁語，一面粗魯地將年邁的丈夫往長椅那兒推。

阿純踮起腳尖，告訴克雷博：

「是神先生。」

克雷博面露微笑表示沒錯。韋爾德神先生和韋爾德神太太在他們面前坐下，老先生坐下前瞄了他們一眼，又驚又怒。白痴來正常人的地盤做什麼？而且，年輕人什麼時候會上教堂望彌撒了？

「好久喔，」阿純嘆氣。

「才剛開始而已。」

「我可以去那邊看圖嗎？」

他指著一幅偌大的畫作，色彩很陰暗，描繪的是基督降架。阿純第三次開口央求時，克雷博終於讓步：

「去吧，但你很機車。」

「噢，噢……」

「我知道，我會懺悔。滾吧。」

韋爾德神先生轉過頭來，好讓他們知道他深受其擾。然後他盯著白痴走遠。阿純走到側廊，在畫作前站了很久，細細觀察基督受難的身體，手腳的聖痕，身側的長槍傷口，還有荊棘冠下的斑斑血跡。

「不漂亮……便便，」他喃喃自語，嚇呆了。

然後他發現了告解亭。這座木造小屋已經讓他好奇很久。他把頭從簾子下面鑽進去。

「沒有人，」他小聲說。

他溜進告解亭，坐在一格小階梯上，這是平常信徒跪著懺悔的地方。他從口袋中拿出兔兔先生。

「嘖，彌撒好久啊！這是哪？」

兔兔先生看看四周，顯得非常興奮：

「是洞穴！我們來玩吧？」

幾分鐘後，管風琴在穹頂下面轟隆作響，阿純想到克雷博會用什麼臉色瞪他。

「兔兔先生，你在這裡等我。我去彌撒一下，然後，我就回來。」

「我在這裡佔位子，」兔兔先生這樣回答，它逃過一樁苦差事，超級開心。

阿純回到弟弟身旁坐下時，克雷博看來確實很不高興。

「你不要就這樣不見！你剛才在哪？」

「在洞穴裡。」

克雷博聳起一邊肩膀，嚴禁阿純再跑去玩。彌撒結束後，阿純快樂無比。

「一點都不久，」他心滿意足地說，但彌撒結束前的最後十五分鐘，他都不斷踢著前面的跪凳。

這天是克雷博最後的自由日，下午他帶哥哥去塞納河乘坐遊船，期間三度阻止他跳進水裡淹死自己，然後去貝蒂雍（Berthillon）吃冰淇淋。在阿純要求之下，店員一一細數所有口味：

「百香果、芭樂、蜂蜜牛軋糖、卡布奇諾……」
阿純選了兩球冰淇淋：
「香草、香草！」
晚上，兄弟兩人獨自在租屋處吃晚餐。其他人都在外閒逛。回房間後，克雷博將鬧鐘調到七點，收拾書包，鉛筆、紙張、記事本，同時覺得肚子痛。有人敲門。
「阿純，你還沒睡？」
阿純搖頭。
「兔兔先生，還沒回來。」
「什麼？」
「兔兔先生，什麼時候會回來？」
「你別跟我說……」
克雷博覺得自己快昏倒了。
「你把兔兔弄丟了？」
「是兔兔先生，」阿純糾正他。「我呢，我要他現在回來這裡。」
克雷博差點噎到。他現在才想到，整個下午，兔子都沒有現身。

「你有好好找嗎？它不在你那堆亂七八糟的東西裡嗎？」

「它在彌撒裡。」

「在……」

克雷博喃喃地說「我的老天爺」，這句話很得體，很符合眼前的場面。

「在哪？」他大嚷，「在彌撒的哪裡？」

「在小木屋裡。」

克雷博按著額頭，專心思索：「小木屋？」

「告解亭！你把它放在告解亭裡面？是嗎？」

克雷博喃喃地說「噢，幹」，這樣講就糟糕多了。但阿純沒心情責怪他。阿純非常慌亂。

「它為什麼不回來？」

克雷博爆發了：

「這個嘛，對啊，我也想知道為什麼！它明明知道，你沒有它就睡不著！」

「它心腸真壞，」阿純怪罪它。

克雷博開始來回踱步，一面嘀咕：

「現在我該怎麼辦，怎麼辦？」

就算假設沒有小孩把兔兔撿走，教堂晚上也不會開門。阿純必須放棄兔兔先生。

「明天再說吧。我會去教堂看看。今天晚上，你得一個人……」

他沒辦法把話說完，因為他在阿純眼裡讀到的訊息，非常讓人擔憂。

「你就用牛仔代替吧。」

「我要它回來。」

淚水在阿純的眼眶中打轉，流淌他的臉頰。

「很抱歉，但那是不可能的。因為它不是真的兔子。它沒有腳，不會走路。它只是一個布偶！」

克雷博最後大吼起來，哥哥的悲痛讓他驚慌失措。阿純用雙手摀住耳朵，逃回他的房間。克雷博咬著指頭，好讓自己冷靜下來。太荒謬了，竟然為了一個布偶，讓自己陷入這種狀態。然而，當他的手拂過眼睛時，他發現自己在哭。太恐怖了。叩，叩，又有人敲門。他吸吸鼻子。

「是誰？」

是恩佐。

「嗨……咦，出了什麼事嗎？」

克雷博沒回答，但眼睛瞪得大大的。在恩佐的手裡，在那裡，在那裡，是兔兔先生！

「你在哪裡找到它的？」

「說來奇怪，太好玩了。它在樓梯間。」

「樓梯間？」

「對啊。看來，它身高不夠，按不到門鈴。」

恩佐說的是實話。方才，他在門前的踩腳墊上發現它。克雷博差點直奔哥哥房間大喊「它在這！」，但他改變了主意。他從恩佐手中接過兔兔先生，去敲阿純的房門。

「走開！你是壞人！」

克雷博將門打開一條縫，讓兔子探出頭來。

「哈囉！」兔兔先生搖晃著耳朵說。

「它回來了！」

原本蜷縮在牆角的阿純一口氣跳起來，緊緊抱著他的布偶。克雷博在內心深處留下這幅幸福的畫面，終於可以就寢。

房門關上後，阿純將兔兔先生放在枕頭上。

「你為什麼留在彌撒裡面？」

這個問句帶有一點點怪罪的意思。

「為了看看夜晚，」兔兔先生向他炫耀。

「夜晚怎麼樣？」

「很黑。」

「有怪物嗎？」

「有一點。」

兔兔先生真的好勇敢。

「但是，你再也不會晚上出去了吧？」

「再也不會了，」兔兔先生向他保證。「你呢，你不會再把我留在小木屋裡了吧？」

阿純搖搖頭。他們兩個都嚇到了。沒有兔兔先生的阿純，就像沒有阿純的兔兔先生一樣：那就是一切的終點。

這夜，阿純睡得香甜，克雷博卻失眠了。他睡不著，是因為想到開學的事，還是因為兔兔先生竟然自己走路回家？

隔天早上，克雷博開始準備放阿純獨自在家。雖然阿純現在因為兔兔先生而多少可以獨處，但克雷博還是希望阿純身邊有人陪伴。他在廚房遇見恩佐。

「你真早起。」

「我也不想，」恩佐咕噥抱怨。

「我要去學校。今天開學。」

恩佐喝著咖啡，毫無反應。

「今天上午，你會在家嗎？」

「不然還會在哪？」

「你介不介意……一切都沒問題……但是如果你可以注意一下我哥的動靜？」

「這裡可沒寫『護士』，」恩佐指著自己的額頭說。

克雷博陷入沉默。他不該請室友幫忙。他們可能會因此不悅。

「好啦，」恩佐說。「我會監督你的白痴。」

這時，克雷博明白了，恩佐是個好人，但他不願表現出來。

回到房間後，恩佐試著繼續寫小說。但他在腦子裡跟隨著雅莉亞。她吃了早餐，然後寫購物清單，抹上唇彩，艾曼紐親吻她。

恩佐想像自己是艾曼紐，將拳頭壓在嘴巴上。

「這樣下去不行，」他小聲說。

他伸個懶腰，決定去找白痴抬槓，轉換一下心情。

阿純在客廳裡。他喜歡在扶手椅和沙發中間的地氈上面玩耍。所有摩比積木太空人都出動了。面對這批太空部隊的，是一群由鉛兵和塑膠公仔組成的部隊，有牛仔、印地安人、拿破崙的士兵、哥德士兵和美國士兵。趴在地上的阿純抬頭看著恩佐，面露一個大大的微笑：

「打仗了！」

恩佐癱在扶手椅中。

「贏的是誰？」

「『時代』，」阿純指著雜牌軍說。

「其他這些士兵，叫做什麼？」

「瑪俐夸。」

阿純起身跪著，湊近恩佐向他透露：

「我們要宰掉瑪俐夸。」

「你很勁爆。」

「你呢？」

「我？我什麼都怕。我連女生都怕。」

阿純看著恩佐。恩佐知道那件事嗎？阿純挪動膝蓋，湊近恩佐，非常非常小聲地說：

「女生啊，她們沒有那一根。」

恩佐瞠目結舌好一陣子，大概是被這個新發現給嚇呆了。

「你確定？」

阿純點點頭。

「我看見雅莉亞光溜溜。」

恩佐抖了一下。

「是喔？你在哪看到的？」

「浴室。」

「啊，她沒鎖……」

恩佐沒講下去，只說：「哦。」阿純為他開啟了一塊新天地。

「恩佐！」遠處傳來雅莉亞的呼喚聲。

恩佐向阿純比了個「噓！」，向他眨眨眼。

「我在客廳！」

雅莉亞走進客廳，她穿得很清涼，沒綁鞋帶，頭髮亂得不得了。她雖然毫不在意自己多有魅力，但她知道恩佐看見她時會屏氣凝神。不過，對她而言，恩佐只是個小鬼頭，而且還是她弟弟的童年玩伴。

「今天上午我沒空採買。我知道這週輪到我……」

她一臉為難地噘嘴。恩佐目瞪口呆看著她。

「你可以去買巧克力榛果醬和廁所衛生紙嗎？尤其是你現在都直接用湯匙挖來吃。」

「吃衛生紙？」

雅莉亞假笑：「啊，啊。」

「你可以去嗎？」

「不行。」

「功課太忙？」

「沒錯。」

他們交談時，阿純輪番轉頭看著說話的人，像觀賞網球比賽一樣，然後他認為問問題的時機到了：

「愛要怎麼做？」

恩佐和雅莉亞大笑出聲，笑得很尷尬。然後恩佐對雅莉亞輕聲說道：

「妳走吧。妳的奴隸會照辦。」

雅莉亞臉紅了，她邊走出客廳邊呼喊：

「艾曼紐，你好了沒？」

兩名醫學生出門了，恩佐回房間拿他的小方格大筆記本。他打算鞭策自己每天寫作，而且他覺得，身邊有個白痴，是一種很好的激勵。阿純再度開始玩遊戲：

「有一個『時代』很強，他會把一個瑪俐夸抓去關。」

很強的那個「時代」看來像是騎馬的維欽托利[3]，阿純讓它在地氈上面策馬直奔。達達、達達、達達。恩佐低頭看著他的筆記本，心中浮現一個白痴的故事，一個白痴發現愛情……一小時後，恩佐依舊振筆如飛。

3 譯註：維欽托利（Vercingétorix，西元前八二年～前四六年）為在高盧戰爭（Guerre des Gaules，西元前五八年～前五〇年）中領導高盧人對抗羅馬共和國入侵的阿維爾尼人（Les Arvernes）首領。

「你寫好多字，」耳畔傳來一個聲音。

阿純仍然跪著，他將手肘撐在扶手椅上，凝視筆尖在頁面馳騁。恩佐湊向阿純，用自己的額頭輕叩阿純的頭。

「咚，」阿純說，覺得很好玩。

「你知道你是我的夥伴嗎？」恩佐對阿純輕聲囁語。

「嗯，」阿純也輕聲囁語。

克雷博正在上課。他努力專心聽講，卻不斷分心。但願阿純不要搗蛋！如果他惹恩佐生氣的話該怎麼辦？

「我們對經常缺席者絕不寬容，」物理老師說。「每次缺席都需要家長證明。」

「對於不和父母同住的學生來說，這還真『方便』，」克雷博心想。課表已經滿得讓他皺起臉來。每個週一和週二，他下午六點才能回家。

講完開場白之後，老師開始一一點名，要他們報上出生日期和選修科目。

坐在克雷博右邊的女生未滿十七歲，選修希臘文。她名叫薩赫菈。克雷博凝視著她的側臉，像用鉛筆描繪的線條，前額有點凸出，鼻子有微微的弓形弧度，唇色偏深，下巴感覺意志堅定。她來自哪個中東國家？克雷博生性浪漫，他幻想著東方宮殿與奴隸市集。

「馬呂黎？」老師說。「克雷博・馬呂黎？他沒來嗎？」

「有，有，有來，又！」克雷博一驚。

同學們都笑了出來，克雷博目瞪口呆的反應，真是太符合他的姓氏了[4]。薩赫菈轉過頭來，用淺灰色的雙眸瞥他一眼。她沒有嬉笑，但嘴角微微揚起，雙唇像柔軟的果肉。

放學時，克雷博注意到另一個女生，雙頰圓鼓鼓的，因為太熱而用雙手撩起一頭瀑布般的紅髮。他想和她擦身而過，但終究只是用目光緊緊跟隨她。他想到阿純的問句：「克雷博，你了解女生嗎？」不，他一點都不了解女生。他巴不得能認識她們，他好想知道那個紅髮女生叫什麼名字，想知道薩赫菈是從哪裡來的，想問到她們的電話號碼、和她們約會，他媽的！他甚至沒時間去想這種事。他開始奔跑，趕回勒莫萬樞機路。

克雷博踏進大門，一樓有個人原本要搭電梯，卻又讓門關上，轉身看著他。

4　譯註：克雷博的姓氏馬呂黎（Maluri）和「目瞪口呆」（ahuri）讀音相近。

「啊，是您啊！」韋爾德神先生說。「那個白痴近來可好？」

克雷博差點回答「你才是白痴」。但老先生繼續說：

「我猜，他找回那個骯髒的布偶，應該很高興？」

「什麼？」

韋爾德神先生說，他看見阿純在告解亭裡玩耍。彌撒結束後，韋爾德神太太想去點一支蠟燭獻給聖德蘭聖女聖嬰耶穌。聖德蘭的神像就在告解亭旁邊，而韋爾德神先生看見兔子的耳朵露出一角。

「我們很晚才回來。我不想打擾你們，所以把兔子擺在門前。」

克雷博連聲道謝，心中有點失望，兔兔的神祕事蹟，結果根本沒什麼。

回到公寓時，他的心因為恐懼而揪成一團。他聲稱阿純很懂得忍受獨處。其實，他絲毫不曉得阿純究竟能不能獨處。

「阿純？」

他在客廳裡，正和恩佐玩著法國十字戲。

「我會算數了！」阿純大喊。「一，二，三，四，B，十二！」

「有進步，」恩佐垂頭喪氣。

這天夜裡，勒莫萬樞機路的室友們夢見了什麼呢？克雷博在薩赫菈和紅髮女之間舉棋不定，阿純再度戰勝瑪俐夸，兔兔先生找到一位兔兔女士，恩佐則等待凌晨到來。艾曼紐很準時，像瑞士製造的布穀鳥鐘一樣。

「七點，」恩佐嘆了口氣。

他眉頭緊皺，但很快又重拾笑容。他起身，穿衣……但別穿太多。四角褲，T恤。他看著穿衣鏡中的自己，將頭髮梳整齊……但不要太整齊。他盤腿坐下，等待。聽見隔壁房間的門打開時，他靜悄悄地走到自己的房門前。他得給雅莉亞一點時間。他在腦中跟隨她的腳步。她脫下衣服，放水，踏進浴缸。

「去吧！」恩佐激勵自己。

他穿越走廊，來到浴室門前。突然，他非常害怕自己將要做的事。因為他一定會這樣做。浴室內傳來潺潺水聲。他想著蓮蓬頭下的雅莉亞。他打開門。

「噢，抱歉……」

浴室裡的人，是艾曼紐。

第五章

兔兔先生狂歡過度結果躺上手術台的時候

「我找不到我的打火機，」寇宏丹邊說邊在恩佐對面坐下。

「又來了？」

「我以為它在廚房……」

寇宏丹懷疑恩佐故意整他。

「所以呢，」他再度開口，「這場派對，到底辦不辦？」

「要說『趴體』。這樣才年輕。」

「現在已經沒人在說『趴體』了。你至少落伍兩個世代。但你沒回答我……」

「開趴就可以喝得爛醉，但是，有誰可以邀？」

恩佐環目四顧，彷彿他的人生是一片荒漠。寇宏丹就只等恩佐這句話，他說：

「我已經想過了……」

其實他早已列好名單，他將它從口袋裡掏出來。

「余白、尚—保羅，這兩個是一定的。弗列德，他是雅莉亞的朋友，但不算討厭。我的表兄弟亞列希剛從倫敦回來……」

「等等，」恩佐打斷他。「這名單是怎麼回事？」

他從寇宏丹手中搶過那張紙。

「一個女生都沒有！」他驚駭大嚷。

「是誰的錯啊？」寇宏丹也大吼。「上舞廳，太蠢了。在街上把妹，太蠢了。勾引別人的馬子，太蠢了。」

「現在還有人說『馬子』嗎？」

「你不要轉移話題。我在一年之內胖了四公斤。你不准我搭訕女生，我只好暴飲暴食。」

「你的確變胖了。或許你該多抽點菸？」

他們面面相覷。這兩位好友的感情非常好，但他們越來越無法忍受對方。

「恩佐，你聽好，我也很希望雅莉亞選擇你，但事情就是這樣。我們不要搞砸一切，好嗎？」

寇宏丹已經明白癥結何在。恩佐瘋狂愛著他姊。

「如果我是穆斯林，我一定把她許配給你……」

「你不想皈依伊斯蘭教嗎？」

他們苦笑起來。

「總之，我們得找些女生，」恩佐說。「不然事情就嚴重了。」

他們聊的是寇宏丹的二十一歲慶生會。

「我們可以拜託小子幫忙？」寇宏丹這樣提議。

「誰？克雷博？」

「他班上好像有一些還不錯的妹。」

「等一下，你總不會請一個小鬼頭幫你把妹吧？」

「你有別的計策嗎？」

恩佐沉默片刻，雙眼茫然。

「沒有。」

克雷博受邀參加寇宏丹的慶生會，覺得很榮幸。

「你可以邀幾個女同學來，」寇宏丹用恩賜的態度說。

「啊，太感謝了！」克雷博很開心。「兩個，可以嗎？」

「幾個都可以。」

開學第一週，克雷博已經和他的兩個對象稍微混熟了。紅髮女孩名叫碧翠絲。她會用拳頭揍男生的肚子，會罵髒話，總是覺得熱。薩赫菈是黎巴嫩人。上課時，薩赫菈總勤抄筆記，直到最後一刻。克雷博覺得，兩邊他都有希望。他對她們聊到自己的室友，用這些大學生的軼事來逗她們笑，但絕口不提阿純。他邀她們來參加寇宏丹的慶生會。

「我得物色一件上衣，」碧翠絲說。

「我得徵求我爸同意，」薩赫菈說。

結果，她們兩個都會出席。

慶生會辦在週六晚上。當天早上，雅莉亞就開始在廚房準備餐點。

「那麼，」她低聲自語，「蔬果切塊配上美乃滋沾醬，鹹派，甜點是草莓蛋糕……」

「妳沒忘記蠟燭吧？」

雅莉亞嚇了一跳。她沒聽見恩佐走進廚房。

「妳頭髮好亂，」他說。

她身上還穿著睡衣，既沒洗澡也沒梳頭。

「你管好自己的屁事就好。」

她轉身背對恩佐，將蛋打進一個碗裡。恩佐悄悄走近，在她耳邊輕聲說：

「妳不希望我管管妳的屁事嗎？」

雅莉亞轉身推開他。

「夠了。」

「什麼夠了？」

「我愛艾曼紐，他也愛我。」

「這樣很好啊，」恩佐的聲音很沙啞。

「你不要再繞著我打轉。不然你會惹上麻煩。」

「艾曼紐會找我麻煩？」

雅莉亞默默地用唇形表示：「滾開」。恩佐撤退回房間。關上房門後，他用額頭撞擊牆壁來懲罰自己。

「他媽的，你這個膽小鬼！」

他應該把雅莉亞抱進懷裡，碰碰運氣。幾聲啜泣，哭得他全身顫慄。

「媽的，好痛。」

他劃破了自己的額頭。但他指的不是這個。

克雷博則深陷煩惱之中。薩赫菈和碧翠絲要來家裡，但他沒對她們提起阿純的事。他盯著哥哥看了一會，阿純剛把所有部隊在房間地板上排列妥當。法蘭克時代的士兵和拿破崙時期的士兵並肩作戰。

「你把所有時代都混在一起了，」克雷博悶悶不樂地說。

「他呢，是最強的『時代』，」阿純揮舞著維欽托利說。

克雷博下意識微笑。

「阿純，你聽好，今天晚上，我們的室友有朋友要來……」

「噢耶！我要打領帶！」

「不不，你不可以打擾他們。你乖乖待在房間裡。我會把蛋糕端來給你。」

阿純的臉上籠罩一道陰影。他猜到有事發生。之後，他更加感覺自己被排擠了。他看著大家忙著準備，恩佐把家具推到一邊，清出跳舞用的空間；寇宏丹進去每個房間搜尋ＣＤ；克雷博把他所有Ｔ恤都試穿一遍；雅莉亞買了花；艾曼紐調製一缸顏色非常漂亮的莊園主雞尾酒（planteur）。屋內洋溢著興奮的氣氛，而阿純無所事事，繞著每個人打轉。兔兔先生無所不在，它坐在那疊CD上，或跳進蔬果切塊的盤子裡（大概是因為紅蘿蔔吧）。最後，克雷博將它往阿純頭上丟：

「你把它收起來！」

阿純把自己關進房間。兔兔先生氣得要命。

「我討厭克雷博。」

「他不要我們去派對，」阿純向它解釋。他的眼淚快掉下來了，

「他們會把紅蘿蔔全部吃掉。」

「我們吃不到蛋糕。」

「也喝不到莊園主。」

兔兔先生記住了那個漂亮的飲料叫什麼名字。

「我呢，我想跳舞，」阿純說。

「你不會跳。我呢，我懂跳舞。但我需要一位兔兔女士。」

他們閉上嘴巴，細細反芻內心的悲傷。突然，阿純的臉亮了起來。他拍了一下自己的額頭。他怎麼沒有早點想到呢？

「灰姑娘！」

他會打扮成王子，在派對進行到一半時出現。做出這個決定之後，阿純和兔兔先生馬上變得非常、非常足智多謀。他們溜進廚房，偷了一個大大的鍋蓋，要拿來當做王子的盾牌。他的玩具堆中，有國王餅附贈的紙板皇冠，還有蒙面俠蘇洛的斗篷。兔兔先生繫上領帶，因為皇家舞會說不定會邀請一位兔兔女士。

晚上八點左右，客人開始陸續抵達。尚—保羅和余白帶了幾瓶酒。表兄弟亞列希身邊陪著他的英國女友。碧翠絲和薩赫菈一同進門。碧翠絲穿著一件很短的上衣，露出她的肚臍環。「有點浪，」克雷博心想。薩赫菈身上是一件不對稱的黑色洋裝，露出一側肩膀。「有點騷，」克雷博這樣想。他很想討她們歡心，但又不想被左右。雅莉亞邀了兩個絕對不會搶走她光彩的醫學院女同學。

「她邀這兩個來做什麼？」寇宏丹不禁哀嘆。他已在餐台旁大吃特吃。

「至少，克雷博有盡到責任，」恩佐邊說邊為自己再倒一杯莊園主雞尾酒。

「那個黎巴嫩姑娘算是秀色可餐。」

「哦？我比較喜歡紅髮那個。」

「沒別的可挑了，」恩佐不得不承認。

眾人之間的氣氛是如此低迷，連無趣的艾曼紐都可以被視作大家的開心果。然而，酒缸內的莊園主減少一半之後，女生們放鬆下來。她們開始毫無理由地笑，碧翠絲挽起頭髮，憂慮地說：

「你們不覺得這裡很熱嗎？」

寇宏丹開始放音樂，看有沒有人想跳舞。總會有希望的。

「應該開喝伏特加了，」恩佐這樣判斷。

他本人很想喝得爛醉。或許這樣的話，他就有勇氣和艾曼紐打一架？目前他暫且喝著莊園主雞尾酒，他眼神陰沉，說出口的話都很難聽。就在同時，年輕的克雷博披荊斬棘。灌女生酒的人是他。他想緊緊抱住碧翠絲，她的臀部實在誘人。

「放首慢歌吧？」他這樣央求寇宏丹。

正要開口邀碧翠絲共舞時，克雷博突然改變主意，改邀醫學院女生的其中一人。方才看見她進門時，他只想著「這龐然大物是怎麼回事？」她臉紅了，接受他的邀請。克雷博確實討人喜歡，他戴著小小的圓框眼鏡，臉上掛著調皮的微笑。寇宏丹鼓起勇氣邀碧翠絲共舞。薩赫菈被丟在一旁，她開始大啖蔬果切塊，這對身材很好。恩佐眼見寇宏丹摟著女生跳舞，自己卻自願放棄機會，他因此憤慨不已，決定隨便搭訕一個女的。第二首慢歌響起時，他邀剛和克雷博跳完舞的醫學院女生再舞一曲，她從來沒這麼受歡迎過。

打扮成王子的阿純進入客廳已經十分鐘，但沒人發現。他手持鍋蓋、頭戴紙板皇冠、披著蒙面俠蘇洛的斗篷。音樂、叮咚作響的酒杯、女生們的裝扮，都讓他覺得置身於一場非凡至極的舞會當中。但他們忘了最重要的事：

「喂！白馬王子進來了！」

正在喝酒的克雷博差點嗆到。他一心只想著把妹，完全忘了哥哥的存在。所有人都噤聲不語，看著阿純，他拎著兔兔先生的領帶。

「誰要當公主？」他問。

艾曼紐衝向克雷博身邊，告訴克雷博，如果有藥的話，他可以幫阿純打一針。心灰意冷的克雷博走近哥哥，抓起他的衣袖。

「走吧，我忘了端蛋糕給你。」

他轉身對大家（尤其是對薩赫菈）說：

「他是我哥，他智能不足。」

「是白——痴。」

這場景真是太詭異了，所有人都怔在原地。眼前已非〈灰姑娘〉，而是〈睡美人〉。

「好了，不需要這樣站上一晚，」恩佐突然說。「阿純人很好。今天晚上，他是白馬王子。我個人不覺得這樣有什麼問題。」

恩佐倒了一大杯莊園主雞尾酒給阿純，小聲對克雷博說：

「你別管。交給我。」

他把阿純拖到客廳一角坐下，途中瞥見雅莉亞訝異的目光，他心想：「雅莉亞，妳不了解我。」但這一點也不奇怪，連他自己都不了解自己。

阿純坐上一個懶骨頭，把兔子放在腳邊，一口氣喝完那杯漂亮的飲料。

「好好喝，」他說。

恩佐切了一塊生日蛋糕給他。

「是蘋果派嗎？」阿純端詳著盤子問。

恩佐看著眼前的草莓鮮奶油蛋糕。

「乍看之下呢，不是。不過，說不定是蘋果派假扮成別的樣子。」

阿純大笑。

「你很好玩。」

他靦腆地伸出食指，指著艾曼紐說：

「他呢，他很笨。」

恩佐在阿純面前蹲下：

「你其實沒有那麼白痴嘛。」

「我是你的夥伴。」

他們用手裡的酒杯「叮」地敲了一下，以資慶祝。

「好……好呵呵，」喝完第三杯莊園主雞尾酒之後，阿純口齒不清。

哥哥突然闖入之後，克雷博很難重新振作。他感覺眾人用好奇的眼光看著他，但不敢問他問題。碧翠絲率先開口問他：

「他一直都這樣嗎？」

「對，出生就這樣了。」

「先天遺傳？」

這問題可不是隨口問問，先天遺傳病變有可能影響其他家族成員的後代。

「不是，是偶發性的。據說是因為我媽媽為了避免流產而服用的一種藥物……」

克雷博覺得很難為情，他閉上嘴巴。

「我有個妹妹也有缺陷，」薩赫菈輕聲在他耳邊說。

他點頭向她致謝。但先前想要施展魅力的欲望已經沉到谷底。漸漸地，所有人再度開始喝酒、跳舞。寇宏丹把音樂調大聲，大聲到鄰居按了好幾次門鈴，他們才終於聽見。

「這會兒，他們究竟有多少人呀？」韋爾德神先生走進客廳，大發雷霆。

「我要投訴管委會！」

克雷博走向這位易怒的老先生。

「今天是寇宏丹的生日。我們確實應該事先告訴您，音量會有點大聲。」

韋爾德神先生的態度緩和下來。

「另一個白痴，他也在狂歡？您看看，那個金髮小子正在灌他酒。」

「您好，韋爾德神先生，」雅莉亞開口招呼他。「您要來杯莊園主雞尾酒嗎？」

她遞給他一杯調酒。老先生兩道濃眉下的雙眼如烈焰閃爍。

「您說，您這樣一晚來幾輪？」他用輕佻的口吻問她。

「噢，順順的，五、六輪吧，」雅莉亞這樣回答，以為他指的是雞尾酒。

「五、六輪？」韋爾德神先生邊說邊看著身邊這些年輕力壯的小夥子。

寇宏丹將燈光調暗，克雷博喝完一杯酒，重拾勇氣，邀薩赫菈共舞一曲。

他在陰暗的光線中，撫摸薩赫菈裸露的肩膀。然後他激勵自己將雙唇貼上那肩膀。他心想：「數到五就行動。一、二、三、四……」

「噓，」薩赫菈制止他。

「我在調情，我在調情！」克雷博這樣想，欣喜若狂。碧翠絲看著他們，一臉鄙棄。克雷博不過是個小鬼頭。她注意到恩佐，走近他。

「你負責看管瘋子？」她指著阿純說。

恩佐沒理會她。

「他腳邊是什麼？一隻兔子？」

她揪住它的一隻耳朵，將它拎起來。

「它該洗了。破爛的髒東西！」

她把它丟回地上。

「妳不能去別的地方跳妳的肚皮舞嗎？」恩佐向她提出建議。

碧翠絲轉身就走，她的肚臍環竟被講得這麼難聽。

「這位女士，她不美麗，」阿純說。

他抓起兔兔先生，打算起身，卻搖搖晃晃。

「為什麼我快跌倒了？」

恩佐扶他站穩。

「不要緊，你只是有點茫。」
他將阿純帶回房裡，然後自己也回房。他拿起方格筆記，開始書寫。
阿純回房後，把筆袋裡的東西全部倒出來，找他的剪刀。
「我不要破爛的髒東西了，」兔兔先生說。「幫我剪掉。」
兔兔先生的個性很敏感，碧翠絲剛才說的話讓它很生氣。它想把耳朵剪掉。阿純喝得醉茫茫，覺得兔兔先生的要求聽起來萬分合理。
「剪一點點還是全部剪掉？」他問。
「全部剪掉。」
阿純將兔兔先生夾在自己的膝蓋中間。他眼中看見的彷彿不是兩隻耳朵，而是四隻，於是眨了好幾次眼睛。然後，他動手剪起自己的布偶。
「會痛嗎？」
「有點癢。」
阿純放心了，把一隻耳朵整個剪下來。
「有流血嗎？」兔兔先生問。
「沒有。」
「得放一些血上去。」

阿純拿出一支紅色的彩色筆，把手指塗得紅紅的，也在兔兔先生被剪掉的地方塗了一點。

「你在做什麼？」

克雷博心懷愧疚，來看哥哥怎樣了。他站在他面前，嚇呆了。

「是兔兔先生，」阿純說。「它不想要破爛的髒東西。」

「你的兔子！太可怕了！」

克雷博從阿純沾滿鮮血的手中接過兔子。

「耳朵在哪？」

他把耳朵撿起來。

「太可怕了……」

阿純嚎啕大哭。

「我不要它剪掉耳朵！」

他終於理解自己剛才做了什麼。

「發生了什麼事？」

克雷博往門邊轉身。他一手拿著兔兔先生，另一手拿著耳朵。

「噢，雅莉亞，妳看看他做了什麼？」

她湊過來。

「可憐的兔兔先生……」

「是我！」阿純扯開嗓子大喊，「我是壞人！」

雅莉亞彎腰對他說：

「你冷靜一點，我會把它縫好。」

她再度挺直身軀：

「他喝醉了。恩佐灌他酒。我去拿我的針線包。」

克雷博將兔兔先生平放在枕頭上，緊張地等候雅莉亞回來。

「男孩們，你們別擔心！」雅莉亞看見這對兄弟滿臉悲悽，她說：「我是醫學院的學生。縫耳朵，我很在行。」

「妳要幫它動手術嗎？」阿純問道。

他的悲慟已消失無蹤。他興味盎然盯著雅莉亞揀選顏色最符合的線，將線穿進針孔，刺進布偶裡。他小聲說「痛」。

「它不痛，」雅莉亞安慰他，「我有幫它打麻醉藥。」

縫完之後，她搖晃著兔兔先生的耳朵說「哈囉」。阿純鼓掌。雅莉亞轉身對克雷博說：

「我留下來等他酒醒。」

克雷博表示反對。留下來照顧阿純的人，應該是他。

「不對，是雅莉亞。她比你好心。」

於是克雷博回去找其他人，將阿純託付給雅莉亞。

「你現在有什麼感覺？」她問他。「會覺得地板在轉嗎？」

這問題讓阿純哈哈大笑，他不懂地板怎麼可以轉動。雅莉亞坐在床上，離阿純很近。這是她第一次凝視阿純本人，而不是凝視克雷博的哥哥。他是一名柔弱的年輕男子，一頭亂髮，雙眼像魔術幻燈一樣，當中流轉著王子、海盜、獨角獸和精靈。

「很單純，」她說。

「喔，『純』是我的名字。」

她撫摸他的臉頰。他擁有像孩童一樣細緻的肌膚。他將雙眼再睜大一點，因她溫柔的舉動而深感訝異。他的媽媽很久以前就死了。

「你想要我親你嗎？」雅莉亞問他。

他閉上雙眼，碰碰運氣。她吻了他。他嘴裡有蘭姆酒的酒臭味。

「妳可以也親兔兔先生嗎？」

他把布偶的兔唇貼在雅莉亞的雙唇上。

「它很高興，」他說。「它還有一點血……」

阿純一臉懊惱，看著彩色筆在它耳朵下面留下的小塊紅色痕跡。

「但它很高興。」

「很高興我親了它？」

兔兔先生興奮地搖晃耳朵。

第六章

兔兔先生做愛也作戰的時候

兔兔先生睡醒時，覺得耳朵下面似乎壓著一頂安全帽。阿純揉著自己的太陽穴。

「你不舒服嗎？」

「地板在轉，」兔兔先生這樣抱怨。

其他室友應該也好不到哪裡去，早上十點多，屋裡一點動靜都沒有。對阿純來說，這至少有兩個好處：這個星期天他不用去彌撒，並且可以好好探索派對殘留的一切，沒人會來管他。

客廳一片狼藉。到處都是被遺忘的酒杯，地板灑滿洋芋片的碎屑和吃剩的草莓蛋糕。

「火！」阿純歡呼。

寇宏丹新買的打火機，被忘在一個裝滿菸蒂的菸灰缸旁邊。

「如果你想要更多收藏品的話，」兔兔先生在阿純拿走打火機時這樣說。

兔子們腦子裡多的是壞主意。

「旁邊還有相煙，」它若無其事地說。

而且有好多，其中一些只抽到一半。

「我呢，我會抽煙，」阿純向兔兔先生誇口。

他姿勢優雅地用拇指和食指拿起一支菸蒂，湊近嘴邊，同時把嘴巴嘟得像雞屁股一樣。然後他朝著天花板吐出一道想像的煙，完美模仿碧翠絲抽菸的樣子。接著他用比較男性的風格把另一支菸蒂夾在食指和中指之間，學寇宏丹大口吸菸玷汙肺部的模樣。

「還不賴，」兔兔先生表示讚賞。「現在，你把它點起來吧？」

阿純操作打火機時，就沒那麼拿手了，火一冒出來，他就馬上把它放開。在兔兔先生的鼓勵之下，試到第三次時，他終於點燃香菸。他吸了一口，然後咳嗽，雙眼淚汪汪。

「舒服嗎？」兔兔先生問。

「棒透了，」阿純邊咳邊說。

他就這樣抽了三支菸蒂，然後感覺很奇怪，喉嚨很乾，心臟撲通亂跳。

「你臉色好白，」兔兔先生興致高昂。「還有一點綠。」

阿純用雙手按住肚子，然後按著喉嚨，含糊不清地說「克雷博」，接著彎下腰，嘔吐。

「救命啊，救命啊！」兔兔先生一面求救一面原地跳躍，這樣著實沒有什麼效果。

吐完之後，阿純暈頭轉向好一陣子。

「好噁，好噁，」兔兔先生講話有鼻音，因為它捏住了自己的鼻子。

這樁超乎尋常的事件讓阿純陷入驚慌，他拔腿就跑，使勁打開弟弟房間的門，跳上床。

「克雷博！」他大吼。「我吐了！」

這是一則超級值得關注的新消息，阿純認為克雷博反應得不夠迅速，於是用力搖晃他：

「我吐了！」

克雷博楞頭楞腦地坐起來，在床頭櫃上尋找眼鏡。

「啊？在哪？」

「在派對。我吐了好多！」

克雷博扔下床單，搖搖晃晃站起身來。

「你沒穿衣服，」阿純的口吻有指責的味道。

刀子不可以這樣露出來。克雷博套上一條四角褲，趕到客廳。

「噢不，」他呻吟一聲。

嘔吐物就在地氈的正中央。

「好臭，」阿純非常客觀地說。

克雷博不得不刷洗地氈，通風，然後繼續刷洗。然後他開口咒罵不願意幫忙的阿純：

「你真的很討人厭！超級討厭！我要把你丟在森林裡，我受不了你了！」

阿純捂住耳朵，但他還是聽見了，他腦中閃過一幕又一幕可怕的畫面。那不再是〈睡美人〉，而是〈白雪公主〉。

室友們起床時，每個都神智不清。艾曼紐說，阿純的情形必須送去精神病院。克雷博暴跳如雷：

「我告訴你，他已經住過一間專門機構。我爸為了再婚，就把他送去那裡。阿純原本只是智能不足，但瑪俐夸療養院卻把他變成了一個瘋人。他變得對任何刺激都毫無反應。所以，我把他帶了出來。我跟我爸說，我會負責照顧阿純。我永遠不會把他送回瑪俐夸，永遠不會。如果你們要趕走他，那就是把我也一起趕走。好吧，那就這樣吧。你們就繼續過你們這些大學生的小日子，讓爸爸媽媽供養。祝你們幸福。」

他走出眾人齊聚的廚房，回房間收拾行李。阿純過來找他，蜷縮在牆角看他打包。

「你要把我丟在森林裡？」他小聲說。

「我們兩個都會走丟在那裡。」

這個新消息讓阿純放了心，他也想安慰弟弟。

「我呢，我有鏘鏘槍。」

有人敲門。是恩佐。

「你在幹嘛？」恩佐問。

「看也知道吧。打包。」

恩佐怔在原地。然後他下定決心說道：

「我和大家談過了。艾曼紐有點頑固。但最後他們都同意讓你……讓你們留下來。」

克雷博放下手中的書。

「你很好心。但這一點用都沒有。他們遲早會抓狂。」

「不會的，我想不會。我讓他們覺得自己很可恥。你已經完成了主要工作，我只是再補一刀而已。『自私鬼、小資產階級……』我甚至罵他們是成年人，你能想像嗎！」

克雷博很感動。他深深感受到他人為了他所付出的努力，只為他一個人。

「無論如何，一切都是我的錯，」恩佐再度開口。「我不該倒酒給你哥哥喝。我害他反常。」

克雷博仍猶豫不決。他有權讓室友們背負這重擔，卻不付出等值的回報嗎？

「克雷博，我告訴你一件事。你們住進來，我很開心。」

恩佐指著依舊和兔兔先生一起縮在牆角的阿純說：

「他是我認識的人當中，最有智慧的。」

「不可以用手指別人，」阿純責備他。

恩佐走向阿純，雙手叉腰，假裝生氣：

「你啊，你最好閉上嘴！你自己一直做蠢事，就不要隨便教訓人。也不要說『噢，噢，這個字壞壞』！」

「首先呢，我弟弟會把你丟進森林！」阿純很憤怒。

恩佐嘆了口氣，轉身對克雷博說：

「他畢竟還是很機車。」

「噢，噢，這個字壞壞，」阿純低聲說。

中午，阿純待在自己的房間裡，沒去吃飯。兔兔先生很不舒服。它抱著肚子說「唉唷，唉唷」，接著開始不斷打嗝、痙攣。

「你吐了嗎？」

「沒有，我咯咯霹靂。」

兔兔先生一點都不想重複人類平常會做的事。

「我熱得發燒，」它說。「我需要醫生。」

阿純深思了好一陣子。如果想請醫生過來，必須要說：「喂？醫生，兔兔先生生病了。」

「我沒有惦惦話，」阿純說。

突然，他拍了前額一下。雅莉亞！雅莉亞是醫生。

阿純走去客廳，雅莉亞正在那兒熨燙艾曼紐的襯衫。看見他走過來時，她有點不安。她很後悔自己昨天的舉動。

「是兔兔先生，它生病了，」他說。

雅莉亞只說：「嗯……」她不想加入這場遊戲。

「妳可以給它一些要要嗎？」

「聽好，我不想……」

雅莉亞皺起眉頭，擱下熨斗，摸摸阿純的額頭。好燙。他的雙眼燃著發燒的火焰。

「你至少有三十九度。」

她沿著他的脖子觸碰淋巴結，要他張開嘴巴說「啊～」，並問他肚子痛不痛。

「痛。」

「頭呢？」

「痛。」

「喉嚨呢？」

「痛。」

她專注地盯著阿純。

「鞋子呢？」

「痛。」

她輕拍一下他的臉頰，又好氣又好笑。

「過來。我拿退燒藥給你。」

「兔兔先生，它不要退小要。」

雅莉亞緊緊抓住阿純雙肩：

「你知道嗎？你的兔兔快把我們煩死了。」

「是兔兔先生。」

「你知道它只是個玩偶吧？」

阿純眨眨眼睛，沒回答。

「它是真的兔子嗎？你說啊！」

阿純早已想好如何反擊：

「沒有那一根，真的很不好。」

克雷博得知哥哥大概得了急性腸胃炎。雅莉亞扮演醫生的角色，開了藥給他。阿純不願吞嚥阿斯匹靈，越燒越燙。傍晚，他開始譫妄。克雷博陪在他身邊，同時填寫學校的行政表格。

「我們在森林裡，」兔兔先生說。「克雷博是個混帳。」

「噢，噢……」

「我知道，但他就是個混帳。他把我們丟在森林裡。我們會死翹翹。這裡有巫婆。」

「克雷博！」阿純驚慌大嚷。

克雷博放下手中的文件，湊近阿純。

「怎麼了？」

「是巫婆！」兔兔先生大叫。「走開，壞巫婆，走開！」

「你走開！」阿純和兔兔先生同時一起大叫。

「你燒得好燙，」克雷博喃喃地說。

他再次將阿斯匹靈融進一杯水中。但兔兔先生盯得很緊。

「小心，巫婆要給你毒蘋果。」

「拿著，」克雷博將水杯遞給他說。「這次你把它喝下去。」

「不要，那是毒藥！」

阿純用力揍克雷博的手臂，水杯飛得遠遠的。

「你是個巫婆！我呢，我要殺了你。」

阿純淺色的眼眸當中，燃起了高燒的怒火。

「沒有好一點嗎？」

雅莉亞走進房間問。

「他有幻覺，」克雷博結結巴巴地說。「他把我當成巫婆。」

「這或許是他抒發焦慮的管道，」雅莉亞正在狂K佛洛依德。

「我聽見公主的聲音了，」兔兔先生說。「我們會得救。你呼喚她吧？」

「雅莉亞？」阿純叫她。

「你看，他的狀況沒那麼糟嘛，」雅莉亞說。「他認得我。」

她彎腰看著阿純，阿純閉上雙眼。

「阿純，你還好嗎？你聽得到我說的話嗎？」

他睜開雙眼：

「我是王子！妳吻我吧？」

就在這時，走廊傳來另一個聲音：

「雅莉亞，妳在這兒嗎？」

是艾曼紐。

「我要公主親吻王子，」阿純堅持。

雅莉亞進退維谷。她對克雷博竊竊私語：

「把門關起來。快點！」

克雷博聞言照辦，然後走回雅莉亞身邊。

「我……我對你哥做了一件糟糕的事，」她向他坦承。「你可以保守祕密嗎？」

克雷博挑眉微笑，眼中閃現光芒。

「糟糕的事？」

「不……也沒那麼糟糕。昨天，我親了他。」

阿純在床上坐起身來，聲嘶力竭地大吼：

「我要再親一下！」

「你閉嘴！」克雷博說。

有人敲著房間的門。

「再親一……」

雅莉亞用一個吻堵住阿純的嘴。艾曼紐從門縫中探頭進來：

「克雷博，不好意思，我在找……啊，妳在這裡！」

「對啊對啊，」雅莉亞快步走向他說，「我來看看他退燒了沒。」

她把艾曼紐拖到走廊上。兔兔先生開心得跳來跳去：

「你痊癒了，你痊癒了！公主親吻了你！」

隔天早上，克雷博爬不起來，在學校動作很慢。阿純好多了，兔兔先生更是好得不得了。阿純和兔兔先生走進廚房，寇宏丹正在那兒尋找他的打火機。

「搞什麼，」他低聲發牢騷。「我把它丟哪去了？」

他找累了，直接用火柴點菸。

「你會抽淹，」阿純用崇拜的口吻說。「你不會吐嗎？」

「不會啊，」寇宏丹有點訝異。

「我呢，我就會吐。」

「因為你不習慣。不過呢，這不是好習慣。香菸很危險。」

阿純專注傾聽，寇宏丹因此開始賣弄學問。

「抽菸會引起很嚴重的疾病，譬如肺癌。」

「會死掉的病？」

「對。我有個叔叔每天抽兩包，結果……」

寇宏丹噤聲不語，意識到一件很不愉快的事。他自己也是每天抽兩包。

「結果？」

「結果他得了肺癌。他變得很淒慘，最後的時候。」

「最後死掉的時候？」

寇宏丹嘟噥一聲「嗯」，同時用力捻熄香菸。

「抹爛爛，」阿純開心地說。

然後他帶著小油酥餅回房間，留寇宏丹一個人在廚房裡思考尼古丁貼片的功效。

阿純坐在床上，第二十次讀起《我的小兔子戀愛了》。之前讀這本書時，兔兔先生都衝去親吻那隻女生兔子。今天早上，它卻在繪本前面擺臭臉。

「你不做愛嗎？」阿純很驚訝。

「那只是一張圖。我要一個真正的兔兔女士。」

阿純不知道該怎麼回答。

「兔兔女士，」兔兔先生很堅持，「你知道她在哪裡嗎？」

阿純思考了很久，他盤腿坐在床上，前後搖擺。突然，他拍了一下額頭！

「商店！」

週一傍晚放學後，克雷博打算去買一些文具。他回公寓把阿純帶出來，阿純很喜歡逛商場。

「今天過得怎樣啊，大情聖？」

「不是我，是兔兔先生，」阿純隨口說道。

「最好是。」

克雷博笑了起來。他很喜歡這種關於誘惑與混亂的曖昧情事。他巴不得能夠親身經歷。

來到超市門口時，阿純在警衛面前立正站好。

「這裡沒有戰爭，」他對他說。

克雷博趕緊抓起阿純衣袖，將他拉走。

「你不要對陌生人說話。」

「我認識他。他是那個君人。」

阿純放慢腳步。他們來到了吸引人的商品區。

「我先跟你講喔，我什麼都不會買，」克雷博說。

「偶奧霧霧。」

「什麼？」

阿純踮起腳尖，在弟弟的耳邊輕聲說：

「我要一個兔兔女士。」

克雷博斬釘截鐵地說：

「我沒有錢了。」

「沒有的話，再買就好了啊。」

「不。我要去文具區。」

「我看看玩具就好。」

克雷博瞪他一眼，然後聳聳肩膀，把他留在玩具區。弟弟離開後，阿純在貨架之間走來走去。藍衫軍吸引了他的注意力，但他對自己搖搖頭。他是來這裡找兔兔女士的。他看見一隻猴子、一隻米老鼠、一條大蛇，他不小心讓一頭小乳牛掉在地上，趕緊向它道歉。他開始玩一隻大熊和一隻小熊。

「這是熊爸爸，這是熊寶寶，它是個白痴……」

然後他又對自己搖搖頭，繼續尋找。絨毛玩具旁邊陳列的，是一批新產品：各式各樣的動物，穿著復古服飾。阿純站定不動，微笑。其中確實有個兔兔女士，頭上的帽子鑽了兩個洞，好讓長長的耳朵可以伸出來；可愛的圍裙下面是一件格子洋裝。阿純知道克雷博不會答應買它。他將它塞進自己的外套裡，把它的雙腳和耳朵都好好藏起來。他小聲對它說：

「你別亂動。」

然後他在胸前交叉雙臂，一臉無辜地等待弟弟回來，克雷博不禁懷疑地看他一眼。

「過來，我們去自助結帳區付款。」

阿純對自助結帳區很失望，沒想到有個女士坐在機器後面。當他走過機器前面時，刺耳的警鈴尖聲響起，他用雙手捂住耳朵，外套下襬因此鬆開，兔兔女士掉在他的腳邊。

「這是什麼？」克雷博不禁口吃。

警衛走了過來，雙肩前搖後擺。

「他偷了東西！小偷！」

「君人不要過來！」阿純大叫。「我有鏘鏘槍！」

「您得解釋一下這是怎麼回事！」警衛也跟著大嚷。

「他智能不足！」克雷博吼得比他們更大聲。

阿純拔槍：

「我會打仗！」

「他有武器！救命啊！」負責監視自助結帳區的小姐放聲尖叫。

「那是假槍！」克雷博再度大吼。

超市的客人紛紛陷入慌亂，這時一名老先生用拐杖推開眾人，以洪鐘般的嗓門大聲說：

「全部給我冷靜，別鬧了！這兩個人我認識。帶著兔子這個，是個呆子。戴眼鏡這個呢，是個善良的小子。他會堵住垃圾管道，但他會去望彌撒。你呢，你把它收起來……」

阿純把假槍放回口袋裡。

「神先生，」他面露一個大大的微笑。

「我去……付布偶的錢，」克雷博結結巴巴地說。

他羞愧得喘不過氣。他拉著哥哥的衣袖，逃離現場。

「你看，你明明有錢，」阿純說。

「我先跟你說清楚，」克雷博忍住淚水。「好吧，兔兔先生現在有了兔兔女士。但他們不會有小孩！」

回到公寓之後，阿純想給兔兔先生一個驚喜。他讓新兔子將頭探進房門：

「哈囉！」

躺在枕頭上的兔兔先生坐起身來。

「那是什麼？」

阿純走進房間，小心翼翼將房門關上。

「是兔兔女士。」

「這玩意？這只是個布偶。」

阿純看著手中的兔子布偶，一臉訝異，然後把它丟上天空翻筋斗。它掉在房間的另一邊。兔子先生放聲大笑，阿純也跟著笑了。這隻新來的布偶，它多白痴啊！

隔天早上，寇宏丹起床時，心情糟糕透頂。他正在戒菸。他打開冰箱，把裡面所有沒吃完的肉醬、香腸和乳酪全部拿出來。他坐下，草草瞄了正在將小油酥餅泡進柳橙汁的阿純一眼。他切了幾片麵包，也切了香腸，將奶油抹上麵包，再抹上乳酪，倒了一大杯咖啡，吃吃喝喝，幾乎沒有喘息的空隙，甚至連嚼都不嚼就吞下去。

「呼嚕，呼嚕，」阿純在他對面說。

寇宏丹抬起頭，嘴裡塞滿食物問他：

「什麼呼嚕呼嚕？」

「豬的聲音。牠會呼嚕，呼嚕。」

從來沒有人這麼直接明白告訴寇宏丹，他狼吞虎嚥的模樣像豬一樣。他緩緩推開盤子。

「你真的是什麼都要管，」他惱火地說。

他最近又胖了兩公斤。

第七章
兔兔先生千鈞一髮躲過鯊魚的時候

九月了，暑意依舊，放學時碧翠絲總嚷著好熱。她高舉裸露的雙臂，用絨布髮圈將頭髮綁起來，露出脖子，克雷博微笑著觀賞她的動作，眼中滿是柔情。

這一天，薩赫菈走過他身邊，用輕蔑的眼神看他一眼。他嚇了一跳：

「妳……要跟我們一起來嗎？」

薩赫菈看看克雷博，再看看碧翠絲：

「不了，謝謝。」

她走遠了，胸前緊緊抱著背包。

「她啊，她瞧不起所有人，」碧翠絲這樣評論。「你有空散散步嗎？」

克雷博總是趕著回家。

「你怕你哥哥在家裡放火嗎？」

克雷博不喜歡碧翠絲這樣講阿純。

「我們可以去堤岸走走？」他提議道。「聊聊天……」

碧翠絲聊的都是班上同學的事。男同學都是天大的蠢才，女同學讓人心生憐憫。克雷博任她滔滔不絕，心想自己是否該牽她的手。當她在堤岸停下來看船時，他嘗試用手臂環繞她的腰。問題是背包很礙事。

「你同意我的看法嗎？」她問他。

「當然，當然，」克雷博說，但他其實完全沒在聽。「我們下樓梯吧？」

他希望能在河畔找到好辦法。長椅上有一對情侶正在接吻。

「我們坐下來吧？」

他們將背包擱在腳邊。「一個問題解決了，」克雷博心想。

「你覺得薩赫菈怎麼樣？」她問他。

「她人很好。」

「每個人你都覺得很好！你沒看見她像魚一樣痴痴看著你的飢渴眼神嗎？」

克雷博不發一語，像她說的魚一樣沉默。

「她說她爸管得很嚴。也難怪！如果她發情發得這麼嚴重，他的確應該管好她。」

克雷博突然很想回去找兔兔先生。

「你喜歡熱情的女生嗎？」碧翠絲的問句別有深意。

克雷博感覺她緊緊靠在他身上，她的大腿、手臂、肩膀都壓了過來。指導作戰行動的人，不是他。

「其實呢，我不喜歡男生的一點，是他們腦中只有妳的屁股、妳的胸部。我們好像不是以整體存在，而是分成一塊一塊的。你懂我的意思嗎？」

克雷博試圖反駁，他說並非所有男生都是這樣，他說當然一定有人只對這種事著魔，但還是有一些男生懂浪漫。結束這番長篇大論後，他嘆息一聲。

「好了，我得回去了。我哥哥會擔心。」

他拿起背包，身體遠離了碧翠絲的大腿、手臂、肩膀。兩人一同起身。

「我得吻她，」克雷博心想。他賭上自己的男性尊嚴。「數到五就行動。一、二……」數到三時，她吻了他。他只能緊緊抱住她。

「看吧，你和其他人一樣，」她推開他說。

克雷博在橋上和她分道揚鑣時，他的下體硬得疼痛，像一把刀子插在那裡。

「阿純！」他進房大嚷。

他哥哥坐在地氈上，抬頭看他。

「是誰攻擊你？」

克雷博是一路跑回家的。

「是那個君人嗎？」

阿純原地跳躍：

「我呢，我有刀子。」

「夠了，我也有。」

克雷博癱在扶手椅中。

「該有的我都有……至少我這樣以為。」

他將臉埋進雙手。

「你死翹翹嗎？」阿純溫柔地問。

沒有回應。

「哈囉……」

克雷博感覺兔子耳朵搔著他的雙手。

「你在這兒啊，兔兔，」克雷博動容了。

他摸摸兔子。

「是兔兔先生，」阿純糾正他。

克雷博端詳著他的哥哥。他很想把剛才的事告訴某個人。

「你知道嗎，我親了一個女生。你在派對上看過她，碧翠絲。」

「她是壞人。」

克雷博很驚訝阿純回應得這麼激動。

「不，她不壞，她只是……」

克雷博思索著該怎麼說。霸道？好鬥？閹割情結？把這些字彙硬塞給阿純有什麼用？

「她想命令別人。我呢，我不知道該怎麼做。我不能再當……一名男性。」

說出這句話後，他覺得自己很荒謬，於是苦笑起來。他把頭靠在扶手椅的椅背上，閉上雙眼。阿純盯著他看了很久，然後低聲自語：

「他睡著了。」

他稍稍走遠，坐在地氈上和兔兔先生玩了起來。他抓起新兔子的裙子。

「她呢，是圖圖，」他說。「她要去找兔兔先生。叩，叩，叩。請進。」

阿純用兩種聲音講話，一個低沉而孩子氣，另一個尖銳而矯揉造作。

「你好，兔兔。」
「是兔兔先生。」
「我知道，但我就是要說兔兔，因喂是我命令你。」
「首先，妳又不美。妳沒有那一根。」
「有，我有那一根。它在裙子下面，你看不到。它比你的還大。」
「妳騙人。」
「我沒有。」
「騙人。」
「才沒有。」
「他們在打架。」阿純邊描述邊讓兩隻兔子揍來揍去。
克雷博重新睜開眼睛。
「圖圖比較強，」阿純說。「她把兔兔先生抹爛爛。」
新兔子用腳踩著兔兔先生的頭。克雷博覺得被擊倒了。
「噢，噢，」兔兔先生說。「我呢，我看到裙子裡面了。裡面沒有那一根。」
圖圖發出一聲駭人的尖叫，用耳朵毆打兔兔先生。
「妳很討人厭！」阿純突然大叫。「首先呢，妳只是一個布偶。」

他抓起新兔子，用盡全力將它往牆壁丟去。克雷博放聲大笑。阿純突然轉身問他：

「所以，你不難過了？」

勒莫萬樞機路這戶公寓裡，另一個男孩也很煩惱。恩佐再怎麼努力尋思該如何在雅莉亞面前表現自己，都想不到能怎麼做。艾曼紐比他高，比他有魅力，學歷比他好，社會階級比他高，性格也比他堅強。

「我還剩下什麼優點？我比他風趣。」

「有人說逗女生笑就能讓她愛上你，這不是真的。她們全都希望你有幽默感。但你一旦要她們來真的，她們還是比較喜歡強壯的胸肌。」

「年輕人，振作點，振作點，不要這樣就放棄！」

剛才韋爾德神先生上樓抱怨他們又把垃圾管道堵住了，恩佐隨即試圖打發韋爾德神先生，他說，自己有別的事要煩惱。結果，恩佐一點一滴說出了他的煩惱。

「拒絕您追求的這位年輕姑娘，她的芳名為何？」韋爾德神先生的用詞有點迂腐。

「怎麼……當然是雅莉亞！」恩佐大嚷，彷彿以為全世界都知道這件事。

「雅莉亞？您指的是和您同住的那位小姐？」

恩佐點頭。

「怎麼了？」他咕噥問道。「您為什麼這樣看我？」

「我還以為……那位年輕的小姐，她不是您的親密友人嗎？」

恩佐聳肩。

「現在都說『馬子』。她是艾曼紐的馬子。」

老先生看來非常驚訝。

「我還以為……」

他壓低音量：

「她是這裡所有人的馬子。」

恩佐很震驚。

「這是什麼心態！您那個年代都是這樣嗎？」

韋爾德神先生承認自己確實想太遠了。

「那麼，這位年輕的小姐對其他男孩都沒有意思嗎？」

恩佐做了個鬼臉。

「我總覺得她很喜歡阿純。」
「那個白痴？噢，那您有的是機會。」
「真是太感謝您了，韋爾德神先生。」
「叫我喬治就好。我這樣講不是要惹您生氣。如果您的雅莉亞有可能對其他男人產生興趣，那您為何連試都不試呢？」
「您要我試什麼？她很清楚我愛上了她。」
「然後呢？」
「然後呢，她一點都不在乎。」
韋爾德神先生用拐杖敲了地板一下。
「讓她瞧瞧您是個男人！我的孩子，您得強硬一點！」
「這是什麼意思？您要我在廚房水槽前撲倒她嗎？」
恩佐不禁臉紅，因為他已經想過這種事。
「您得讓她接受您，」韋爾德神先生一個音節一個音節清楚地說。「告訴她，沒有她的生活，您無法忍受。總之，就是一些平常會說的蠢話……然後您親吻她，然後……」
他緊緊握住拐杖。恩佐依舊一臉懷疑。

「您有什麼好怕的？」老先生問他。
「怕她賞我一巴掌。」
「被自己深愛的女人打，是老了以後值得回憶的事。」
「韋爾德神先生，您的論點很驚人。」
「叫我喬治。別忘了：強硬一點！」
「所以我就這樣進攻？」恩佐的聲音動搖了。
以他目前絕望的程度，倒是不妨試試。

恩佐早已注意到一件事：週二下午，家裡只有阿純、雅莉亞和他。所以他必須選在週二下午行動。星期二整個上午，他焦慮不已。到了中午，他什麼都吃不下去。下午兩點，他覺得自己好像寧願從窗戶跳下去。

雅莉亞人在客廳，她的坐姿很複雜，一腳盤在沙發上，另一腳晃來晃去，半邊T恤露在長褲外面。她一面讀著一份講義，一面不耐煩地嘆氣。恩佐在她身旁坐下。他在顫抖。

「那是……是需要背熟的東西嗎？」

她斜斜瞥他一眼。

「走開。」
恩佐陷入震怒。
「妳幹嘛用這種口氣對我說話？因為我愛妳嗎？」
他及時想起喬治給他的忠告。
「我的生活不能沒有妳。我日日夜夜都想著妳。而且艾曼紐這個混帳每個早上都吵醒我！」
恩佐感覺自己已誤入歧途，但他還是埋頭向前衝。粗魯，強硬。他撲向雅莉亞。
「我愛妳。我想要妳。」
被打一巴掌時，他其實不太驚訝。但他沒想到雅莉亞會打得這麼用力。
「他媽的，」他眼冒金星。
「噢，噢，這個字壞壞。」
雅莉亞和恩佐不約而同往門的方向轉頭。門內探出兔兔先生的兩隻耳朵。接著出現的是它的頭。
「哈囉！」
恩佐趁機發洩怒氣：

「阿純，你給我出來，不要再偷看了！我要跟克雷博告狀！」

門中出現阿純的身影：

「她打你一巴掌，做得好。」

雅莉亞站起身來，揉著手掌。她的手很痛。

「阿純，你不可以把剛才的事講出去，」她說。

「那是祕密嗎？」

「算是吧。」

「兔兔先生，它也有祕密。愛的祕密。」

「我們已經受夠了你家兔兔這個色鬼！」恩佐邊大吼邊走向阿純。「為什麼我們得忍受家裡有個低能兒？」

「恩佐，你閉嘴！」雅莉亞握拳揍了他的肩膀一下。

阿純用雙手緊握兔兔先生：

「你們不要吵架嘛，」他哀求道。

然後他捉住雅莉亞的手臂，將她推向恩佐：

「妳親他一下吧。」

恩佐和雅莉亞面面相覷，恩佐很驚慌，雅莉亞覺得好玩。

「親一下，然後他就不痛了。」

恩佐微微側頭，將火辣辣的臉頰湊向雅莉亞。她親了他的臉。

「這開頭還不錯，」韋爾德神先生如此判斷。

「啊？您這樣覺得嗎？」

恩佐下樓造訪老先生。他的臉頰烏青腫脹。

「得罪一個女人，就是給予自己一項關於她的權利。」

恩佐向韋爾德神先生投以疑惑的眼神。

「您現在有權請求她的原諒。送她一些花，附上一張卡片。『為您受苦還算太過溫柔』……寫些尋常的蠢話。」

恩佐緩緩搖頭。

「我不認為這樣可行。」

「紅色的玫瑰花。花語是熾烈的愛。不然就是白玫瑰。純潔之愛。不過以您的情況來說，這樣是沒辦法感動她的。」

恩佐買了十一朵粉紅色玫瑰。他在一張小卡上草草寫下：「請原諒我。」他心想：「如果我是女生，看到一個男的這麼低聲下氣，我應該會肝腸寸斷。」

雅莉亞出門去寄一封信。恩佐溜進她的房間，將花擺在枕頭上。然後他回到自己的房間，躺在床上等候。

「你是故意耍蠢還是怎樣？」

恩佐坐直身子，花束砸在他臉上。

「你是要艾曼紐殺了你嗎？」

「不是……我說，雅莉亞……」

「要是你再做這種事，我會叫你把花吃下去。」

韋爾德神先生不想擺出啞口無言的模樣。

「她保護你不被艾曼紐傷害。這是好兆頭。」

「喬治，我想您一點都不懂現在的女生。送花或是硬來，現在已經不管用了。她們很獨立，她們想要哪個男的就選哪個男的，不滿意了就把他丟掉，像衛生紙一樣。現在，當個男人是很辛苦的事。《美麗佳人》有講這件事。」

韋爾德神先生嘀咕：

「兩性之間的戰爭，和世界本身一樣悠久……」

但世界的重量開始把他壓得駝背了。

「話說回來，您和您太太至少相差二十歲吧？」恩佐突然說。
喬治挺直身子：
「二十二歲。」
「您是怎麼追到她的？用鮮花還是硬來？」
「她是為了我的錢而嫁給我的，」喬治虛心承認。

這個週日早上，最早起床的是寇宏丹和阿純。寇宏丹一向對阿純不感興趣。他和平常一樣，等著恩佐起床，之後兩人一起去做點什麼事。他下意識地看看手錶。
「你等恩佐，」阿純說。
寇宏丹懶得回答。
「你總是在等恩佐。」
「啊？我沒有總是在等他，才沒有。」
他忿忿不平看了阿純一眼，再說一遍：
「才沒有。」
又一個血淋淋的事實迎面襲來。他總是在等恩佐。譬如昨天，他向恩佐提議去游泳池。他想運動減肥。恩佐拒絕了，他說如果他穿泳褲現身的話，女生會紛紛撲上來。所以寇宏丹就放棄了他的計畫。

「早安！睡得好嗎？」

克雷博走進廚房。

「今天上午，你想不想去游泳池？」他問寇宏丹。

「好耶，我去拿泳圈！」阿純大叫。

三人前往蓬圖瓦茲（Pontoise）泳池。克雷博沒辦法說服阿純放下他的海豚泳圈，改用泳池提供的軟木浮力腰帶。阿純提出的理由讓人無法反駁：軟木塞不會游泳，海豚會。走到兒童戲水池前面時，阿純立刻跳進去，「啪」的一聲把水濺得好遠。然後他尖聲大叫，因為水很冷。克雷博環目四顧。池畔幾個媽媽面露憤慨。

「他智能不足，」他對她們說。

克雷博不等她們做出反應，就跳進大人專用池中。阿純立刻緊抓泳圈跟著走過來。他的體型很奇異，肩膀不寬，但很筆直，肚子凹陷，腰很瘦。像從種子裡長出來的孩子。

爬下梯子時，他很在意一件事，於是在下水前詢問一名泳客：
「裡面沒有鯊魚吧？」
那個人放聲大笑，沒有回答。
「這個人是瘋子，」阿純低聲說。
然後他心想，鯊魚一定不會攻擊海豚，因為牠們多少是同類，於是他嘩啦嘩啦游了幾下蛙式，遠離岸邊。
「感覺如何？」來回游完一趟自由式的克雷博這樣問他。
「很好。我尿尿了。」
「什麼？不是尿在水裡吧？」
「是啊。」
阿純一臉得意。
「你給我爬出泳池。快點！」克雷博斥責他。「快，快！」
「有鯊魚嗎？」
「對，快出去！」
克雷博四下張望寇宏丹在哪裡。他正抓著泳池邊緣氣喘吁吁。
「來，」他對他說。「我們走吧。」

「什麼？但我還有二十趟要游！」

「走吧。我待會再向你解釋。」

他們三人在人行道上集合。寇宏丹很生氣。

「我們完全不能做一點正常的事！」

克雷博走在他身邊，低垂著頭。

「我呢，我再也不去那間游有池了，」阿純說。「那裡鯊魚太多。」

第八章

兔兔先生送粉紅色玫瑰給薩赫菈的時候

薩赫菈不知該怎麼告訴克雷博，她喜歡他。寇宏丹慶生派對那個晚上，她只顧著澆熄他的慾火。「要自重，別人就會尊重你」，這是她爸爸拉赫比最喜歡的格言之一。如今，薩赫菈真想知道，該如何讓克雷博少尊重她一點。但是有誰可以給她建議呢？薩赫菈是七個姊妹當中的大姊，她最漂亮，是媽媽雅絲敏的掌上明珠。但最受寵愛的，是天生聾啞的小妹亞米菈。

「這些女兒啊，」爸爸拉赫比咕噥抱怨。

他很愛她們。但最近幾天，他很擔心薩赫菈。他看得清清楚楚，她的笑容變少了。爸爸拉赫比有句格言：女孩若傷心，便要找出那個男孩。

「妳們還記得薩赫菈下個月滿十七歲吧？」他在晚餐時這樣問。

「怎麼可能忘記！」潔蜜菈、蕾菈、娜依瑪、努希雅和瑪莉迦人聲回答。

亞米菈沒說話，只露出美麗的微笑。她讀了爸爸的唇語。

「好吧，妳們聽我說。『人世生活的歡樂僅是幻象。』」

「噢不，又來了，」潔蜜菈出聲抗議。她今年十四歲，非常放肆無禮。

「但這是可蘭經裡寫的，」爸爸拉赫比亂了陣腳。「如果妳以後想進入『溪水潺潺的花園』……」

「阿拉的天堂，只有男人會開心，」潔蜜菈再度打斷他。

姊妹們笑成一團，亞米菈除外，因為她沒讀懂這句話的意思。

「為什麼天生啞巴的人不是妳？」爸爸拉赫比哀嘆道。「我那個年代，妳爺爺開口講話時，沒有人敢插嘴。他說：『聽，就是服從。』」

「這樣的話，我寧願當個聾子，」潔蜜菈說。

從小到大都很乖的薩赫菈，驚恐地瞥了妹妹一眼。爸爸拉赫比完全無能為力，他轉頭對妻子說：

「但這是可蘭經裡寫的……」

媽媽雅絲敏高抬雙手，仰頭看天，這動作並沒有確切的意義，但可以讓她不用討論這些事。

這天晚上，薩赫菈待在房裡，沒人可以討論。她試著複習化學，但各式各樣的畫面卻在眼前飛舞。碧翠絲勾引克雷博，碧翠絲把頭髮撩起來，碧翠絲和克雷博一起走遠。

「發生了什麼事嗎？」

薩赫菈緩緩轉頭，用一雙細長的灰色眼睛看著潔蜜菈。

「沒有啊。」

潔蜜菈不耐煩地在姊姊身邊坐下，輕輕推她。

「好啦，講嘛。他叫什麼名字？」

「克雷博。」

「這名字真奇怪。他至少是個帥哥吧？」

「帥到無法高攀。」

「妳照照鏡子吧？妳像個明星！」

薩赫菈悲傷微笑。

「他喜歡妳嗎？」

「一開始，我是這樣以為的。但他現在有別人了。」

「她美嗎？」
關於人際關係，潔蜜菈的看法很單純。
「她一頭紅髮，腋毛很多。她聞起來有豬肉的臭味。」
以上純屬妄想，但這樣想讓她舒服多了。
「妳得好好誘惑他，」潔蜜菈低聲囁語。「誘惑男生並不難。」
薩赫菈一陣顫慄。
「過來，看看妳的樣子。」
潔蜜菈把姊姊拉到鏡子前面，解開薩赫菈的上衣鈕扣，拉高她的裙子，在她的下眼瞼塗抹眉墨來點綴她的眼神，並教她如何擺出慵懶的模樣，雙唇微張、眼神嫵媚。
「妳們在玩什麼？」蕾菈問道。
她們三個睡同一間房。
「後宮遊戲，」潔蜜菈回答。
蕾菈才十二歲，卻不比姊姊們晚熟。
「我有一條草莓口味的唇蜜，」蕾菈邊說邊翻找她的化妝包。「塗了嘴巴會很溼潤，而且吻起來很香。」

「已經有人吻過妳了？」薩赫菈大驚。

「等一下，不然人生是用來做什麼的？」

沒多久，她們三人都將襯衫紮高、露出肚臍，幻想身上刺青、穿環，綁起髮辮與高馬尾。

「我有腿毛，太可怕了，」潔蜜菈很懊惱。

蕾菈去偷拿爸爸拉赫比的刮鬍刀，以及媽媽雅絲敏的堅挺美胸霜。她們比了好幾回合，薩赫菈贏得冠軍，而妹妹們一點都不嫉妒她。最後，衣衫不整、化了妝、剛被按摩完畢的薩赫菈躺在自己的床上，擺出蘇丹寵妃的姿態。

「如果克雷博看見妳這個樣子就好了，」潔蜜菈嘆了口氣。

克雷博不只這天晚上沒看見薩赫菈，就連隔天早上，他都沒看見她。他留在房內，週日短暫的泳池之行，害他患上支氣管炎。

「兔兔先生也在咳嗽，咳，咳，咳。」

兔子把身體折成兩半拚命咳嗽，兩隻耳朵在空中用力晃來晃去。

「你可以讓我靜一靜嗎？」克雷博央求阿純。他淚眼汪汪，邊咳嗽邊擤鼻涕。

阿純擺起臭臉，無所事事地在房裡打轉好一段時間。然後他一手拿起兔兔先生，另一手提著整袋摩比積木玩具，用牙齒咬住新的兔子布偶的耳朵。這是他的新招數。他會咬著圖圖走來走去。

「你可以不要這樣嗎？」克雷博罵他。「你會把它弄壞。」

「它擠係一個玩偶。」

阿純跑去客廳玩。這時，有人按電鈴。在室友們的訓練之下，阿純早已知道該怎麼做，他按下開門鈕，然後跑去通知弟弟。

「係煞赫啊。」

「煞赫啊。」

「什麼？」

「你把這個布偶給我放下來！」

克雷博得知薩赫菈拿作業過來給他時，他陷入慌亂。他現在的頭髮很油膩，臉色蠟黃、兩眼充血。

「不能讓她看到我，」他告訴阿純。「你請她把作業留在這兒，幫我謝謝她。」

薩赫菈很失望她見不到克雷博，但如果要她進入克雷博臥房的話，她會很難為情。

「他得了流感？」

阿純搖搖頭，用專家的口吻說：

「他得了一種咳嗽的病。」

薩赫菈微笑。她很喜歡小孩，而阿純說穿了其實就是個小孩。

「妳有克雷博的作業嗎？」他問。

薩赫菈拿出她的上課筆記。

「裡面有字母嗎？」

薩赫菈笑了起來。

「對。也有數字。」

阿純點頭，一副很懂的樣子。

「十二？」

薩赫菈忍不住大笑起來。

「你會算數？」

「會。一，二，三，四，B，十二。」

薩赫菈大笑。她試著克制自己，怕惹阿純生氣。但她越是強忍笑意，就不禁笑得更大聲。阿純看著她，一臉困惑。

「妳很愛笑，」他說。

薩赫菈擦拭雙眼，但她的笑意依舊在喉嚨裡發出咕嚕咕嚕的聲音。她將手放在阿純的手臂上。

「謝謝。我心情好多了。」

薩赫菈離去之後，阿純翻著她的筆記本。她做筆記很認真，但阿純用批判的眼神檢視它。

「不漂亮。」

「你不是有蠟筆嗎？」兔兔先生暗示他。

阿純回房拿筆袋，在物理筆記本上模仿薩赫菈寫字，選的是暖色調：紅色、黃色、橘色。他用幾何圖案來裝飾歷史筆記本，顏色是漸層的藍，從天藍色到深藍色，摻雜著紫色與淺紫色。然後他在數學筆記本上面練習寫B，同時兔兔先生不斷在旁邊評論：

「這個B快要倒下來了。噢，噢，這個B有三個肚子。」

半小時後，阿純精疲力盡，他將筆記本推開，並突然領悟自己搞了一個嚴重的蛋。他就像每次做錯事時一樣，擺出一副天塌下來的模樣，大喊：

「克雷博！」

他跑進弟弟房間，他弟弟不久前才好不容易入睡。

「克雷博！我搗爛爛了！」

「啊？什麼？」

克雷博微微睜開一隻眼睛，許多筆記本砸在他的頭上。

「我是壞人！」阿純大聲哭喊。

克雷博稍微清醒過來，翻了翻這些筆記。

「不會吧，你真的做這種事？真的！他就是做了！」

克雷博眼前是歷史筆記本裡面最繁複的幾何圖形之一。

「你會把我丟在森林裡嗎？」

克雷博心想：「我要把你送回瑪俐夸。」他再也無法忍受他哥哥了。

而就在這一晚，馬呂黎先生竟然來電。他和年輕的第二任妻子瑪蒂爾妲的婚姻生活佔據他所有心力，他不常關注孩子們的近況。

「一切如何？」他說。「能應付阿純嗎？」

「很難應付。他只會搗亂。」

「這我早就警告過你了。」

一陣沉默。克雷博原本期望聽見父親說要幫忙，或是表示一點同情，給個建議。

「我不知道瑪俐夸還有沒有位子，」最後馬呂黎先生這樣說。

「不需要這樣，」克雷博苦苦抵抗。「只是我正在生病……」

一陣猛咳，說明了他的狀況。

「如果這個週末你能暫時收留阿純……」

「啊，不，這我沒辦法。」

說完之後，馬呂黎先生才意識到自己這句話有多麼冷酷。

「你懂吧，瑪蒂爾姐懷孕了。她很怕阿純。我們不知道他為什麼異常。」

「但就是媽媽吃的藥……」克雷博虛弱地說，接著又是一陣咳。

馬呂黎先生讓兒子盡情地咳，不去打斷他。

「所以，我自己想辦法解決，是這樣嗎？」克雷博終於咳完了。

「我會聯絡社會服務機構。」

克雷博結束通話，精疲力竭。但他今晚似乎註定無法休息，接下來換恩佐來敲他的門。克雷博將所有煩惱都向恩佐傾訴。

「薩赫菈的事我該怎麼辦？」

「玫瑰，」恩佐說。

「玫瑰？」

「送她玫瑰。我這裡有很棒的二手貨，全新的粉紅色玫瑰。你在花束中間放一張卡片，寫說：『請原諒我』。如果你要的話，我連卡片都有。」

室友們得知克雷博這樁煩惱之後，紛紛前來支援。寇宏丹找到可以用來包裹花束的包裝紙，雅莉亞建議阿純畫一張圖送給薩赫菈。

「用來請她原諒你。你願意嗎？」

「我要畫兔兔先生！」

阿純畫了一隻魅力無窮的兔子，兩隻長耳朵生動得不可思議。

「他超有才華！」恩佐讚嘆不已。

他們遞給阿純一疊圖畫紙。雅莉亞想到，她看過一些思覺失調症的病患畫出來的圖，非常驚人。

「有些白痴是天才，」艾曼紐證實道。

克雷博於是認為哥哥可能是個天才，他鼓勵阿純開始畫。阿純畫了兔兔先生去派對、望彌撒、泡泳池、逛商場……

「或許你可以畫一些兔子以外的東西？」阿純畫完第十二張兔兔先生之後，克雷博這樣問他。

阿純搖頭。

「我只會畫兔兔先生。」

「顯然，這樣就很有限了，」寇宏丹說。

薩赫菈從克雷博的公寓回家後，蕾菈和潔蜜菈想知道她有沒有見到心上人。

「沒有，他在臥室裡。」

「妳應該進他房間！」蕾菈興奮大嚷。「這樣妳就能看見他在床上的樣子。」

「妳少亂講話，」潔蜜菈罵她。「妳果然只有十二歲。」

「噢，夠了喔，妳這個老太婆！」

蕾菈氣沖沖走出房間。

「她太早熟了，」薩赫菈說。

潔蜜菈向她眨眼：

「她說得沒錯。妳應該進房間去。如果運氣好的話（潔蜜菈邊說邊交叉手指，祈求幸運），或許他明天還是請病假。」

潔蜜菈講話很大膽，但行動起來很謹慎。為了以防萬一，她會陪薩赫菈一起去。薩赫菈假裝自己很慌，但沒裝太久，以免妹妹打消念頭。接下來只需擬定詳細計畫，也就是決定衣著。

「我不能穿得太性感，」薩赫菈說。「我會直接從學校過去。」

她們找到了解決辦法：一件緊身背心，穿在長袖襯衫下面。至於潔蜜菈，她會包頭巾。薩赫菈立刻強烈反對。家裡只有媽媽雅絲敏會包頭巾。

「好嘛，就這樣辦嘛，」潔蜜菈堅持己見。「這樣的話，他一定不會亂來。」

接著她們講好碰面地點，會合之後一同前往勒莫萬樞機路。

隔天，她們於下午五點左右集合，在一間打烊商店的遮雨棚下面做最後的準備。潔蜜菈身穿一件長及腳踝的淺褐色風衣外套，綁好頭巾。薩赫菈則披著外套解開襯衫扣子，因此出了一身汗。

「妳彎腰的時候很棒，」潔蜜菈說。「他會為妳瘋狂。」

「妳才是最瘋狂的。」

薩赫菈按下對講機時，潔蜜菈緊緊抱住姊姊的手臂以表支持。但潔蜜菈自己也緊張失控，害薩赫菈痛得叫出來。

「是誰？」對講機中的聲音說。「喂？先生女士？今天天氣真好。」

「你好，阿純！可以幫我開門嗎？」

阿純跑去通知哥哥：

「克雷博！救命啊！」

克雷博依舊臥病在床，他的呼吸道症狀減輕了，但有點發燒。

「又怎麼了？」

「薩赫菈來了。她會罵我。」

「把玫瑰花拿著。快點！你去向她道歉。把筆記本還她。別忘了你畫的圖！」

阿純飛奔回大門前面，在慌亂之中把筆記本、花和圖畫全部 股腦兒塞給薩赫菈。

「是兔兔先生把它搗爛爛。我呢，我畫了兔兔先生，因喂如果我再這樣的話，克雷博會把我丟在森林裡。」

姊妹倆完全聽不懂阿純在說什麼，但她們已開始狂笑。

「噢，看看這隻兔子的臉！」潔蜜菈心頭一暖。

「是我，我畫的，」阿純趾高氣昂。「因喂我是天才。」

她們笑得更加大聲。但潔蜜菈悄悄對姊姊說：「我們去房間吧？」

笑聲便停止了。

「克雷博在嗎？」薩赫菈問。

阿純點點頭。

「我得向他解釋今天的作業。」

「你告訴我們房間在哪吧？」潔蜜菈趁機說。

薩赫菈覺得手上捧著玫瑰花很礙事，於是將花束擱在飯廳桌上。潔蜜菈對她竊竊私語：

「妳不會忘記彎腰吧？」

阿純帶她們兩個穿越走廊。

克雷博方才一陣狂咳，因此覺得很熱。他將被子踢開了。阿純毫無預警地進門。

「噢，噢，他光溜溜的。」

薩赫菈和潔蜜菈緊跟在阿純後面。克雷博看著她們兩個走進房間，先是目瞪口呆，然後趕緊彎腰將被子拉回身上蓋好。接下來雙方互相道歉，場面相當混亂。

「我不想打擾你，」薩赫菈嘟噥著，「但我來是要告訴你，我們有一堂……一個……」

她忘詞了。

「一本書，」潔蜜菈輕聲提詞。

「一本哲學課要讀的書。我幫你抄了書名。」

她走近床邊，彎下腰，將一張紙放在克雷博面前。但他一點都沒有把握機會欣賞他應該欣賞的景致，因為潔蜜菈讓他毛骨悚然。

「她是妳妹妹嗎？」他靦腆地問。

「是的，」潔蜜菈說。「和薩赫菈比起來，我比較遵循傳統。這是我的選擇。」

克雷博點頭表示尊重。他巴不得她們兩個趕快離開。

「對了，謝謝你的花，你太多禮了，」薩赫菈邊說邊試圖擺出她和潔蜜菈彩排過的、心蕩神馳的神色。

「對，我很抱歉我哥隨便塗鴉。」

「什麼塗鴉？」

克雷博臉紅了。結果是他要負責向薩赫菈坦承阿純幹的好事。薩赫菈翻開她的物理筆記，相當惱怒。於此同時，潔蜜菈一臉凝重，卻絲毫沒錯過眼前的風光。克雷博袒胸露背、發著燒的模樣，深深吸引了她，打動她內心深處。

「沒關係的，」薩赫菈終於說道。「我會再抄一次。好吧，那麼，再會了。」克雷博再度開始咳嗽。他揮手道別，然後將頭埋進枕頭，覺得尷尬、羞恥、很不開心。

姊妹倆再度置身樓梯間。潔蜜菈比姊姊更加心慌意亂。

「但願妳剛才有時間觀賞所有妳想看的部位，」她說。

薩赫菈用手肘撞了她的肋骨一下。她們競相跑下樓梯，同時放聲大笑。

第九章
兔兔先生認識舍惠女士的時候

這個週二，雅莉亞吃完午餐就出門了。她不希望像上次一樣和恩佐獨處。恩佐發現一件事：雖然沒有人明說，但克雷博不在時，所有人都把看管白痴的工作丟給他。

「阿純？」

阿純在房間裡，穿得非常高雅，還繫著領帶。

「你在做什麼？」恩佐問。

「沒什麼。」

他的裝扮，是「爸爸」。兔兔先生是他的兒子，圖圖是他女兒。這是今天的遊戲。

「我出去晃一圈，」恩佐說。「你乖乖待在家，嗯？」

「我是慕許班傑昂先生。」

恩佐有點擔心地看他一眼，重複道：

「慕許班傑昂？」

阿純點頭表示沒錯，他說：

「我有一個兒子，還有一個女兒。」

「很好。好好扶養他們。我一小時之後回來。」

一個小時沒人監視！兔兔先生簡直不敢相信它的耳朵。大門一關上，它的腦袋就開始翻騰各種想法。

「我們到處逛逛吧？」

他們首先進入寇宏丹的房間，慕許班傑昂先生在房裡找到一支行動電話，覺得很滿意。阿純二話不說，將手機塞進口袋。接著來到恩佐的房間。

「筆記本！」兔兔先生很興奮。

小方格大筆記本就放在床上。

「慕許班傑昂先生，他是寫故事的作家，」兔兔先生說。

阿純擺出一臉莊嚴的神色，點頭表示同意，將筆記本夾在腋下走出房間。

他在雅莉亞和艾曼紐的房門前面躊躇不前。

「你想，笑笑人出門了嗎？」

兔兔先生記得很清楚，清晨這裡會傳出奇怪的聲音。但它對一切都有解答：

「笑笑人，他們怕慕許班傑昂先生。」

阿純自信滿滿走進房間。

「有一台惦視！」看見房內亮著的電腦螢幕時，阿純大嚷。

他走了過去，看見鍵盤。

「是一台惦惦腦，」他糾正自己。

他將恩佐的筆記本放在書桌上，坐了下來。

「我要打惦惦腦。」

螢幕上是艾曼紐正在謄打的上課筆記，阿純在鍵盤上敲敲打打，添加一些內容。按下好幾個不同的圖案之後，他看著螢幕。它好像在詢問自己發生了什麼事。阿純想起來了，遇到這種情形時，應該這樣說：

「媽的，當機了！」

兔兔先生開懷一笑：

「慕許班傑昂先生，他會說壞壞的字。」

這時阿純豎起耳朵，並且說「噓」。他好像聽見門鈴聲。的確如此，門鈴再度響起。

「您好，我是社會服務的芭鐸女士。」

阿純按下對講機的按鈕，站在公寓門口，等待舍惠女士。她爬樓梯上樓，按著胸口、氣喘吁吁。

「我不喜歡……呼……電梯……呼。這裡是馬呂黎先生家，沒錯吧？」

「我是慕許班傑昂先生，」阿純自我介紹。

「就我所知，這裡有好幾名房客？」

「是室友，」阿純邊說邊讓開，好讓這位屁股圓滾滾的女士進門。

「您正在打掃吧，」她指著阿純手上的兔子說。

「這是我兒子……」

「我兒子以前也有一個破破爛爛的舊布偶。哎呀，您這麼年輕就當爸爸了！」

「我還有一個女兒，」阿純很高興有人陪他玩這個遊戲。

「真了不起……嗯，請問馬呂黎先生在家嗎？」

阿純口袋裡的手機震動起來。他打起哆嗦，喃喃自語：

「惦惦話。」

「喂？寇寇？」電話中傳出一個聲音。「我是媽媽。」

阿純驚訝得說不出話。媽媽已經死了。但是，說不定，人死翹翹之後，會變成笑笑人？

「喂？你聽得到嗎，我的小兔子？」

「聽得到～～～」阿純搖晃著兔兔先生的耳朵大喊。

「你今天過得如何？」

「天氣真好。」

「你的聲音用手機聽起來好奇怪……」

芭鐸女士稍稍走遠以免礙人隱私，順便瞄了客廳一眼。

「你聽我說，」寇宏丹的媽媽再度開口，「我們打算週六過去找你們。」

牡夏柏弗夫婦，也就是雅莉亞和寇宏丹的父母，平常住在布列塔尼的潘波勒鎮（Paimpol），不常來巴黎拜訪孩子。雅莉亞和寇宏丹認為不需要告訴父母，新室友當中有一個是低能兒。

「你可以讓我和爸爸睡在客廳嗎？」

阿純越來越弄不清楚這是什麼狀況。為什麼他必須讓爸爸睡？他想澄清一下，自己不是阿純，而是慕許班傑昂先生：

「我要解釋一下……」

「我看不出有什麼好解釋的！你乾脆直說你不希望我們過去……」

「對！」阿純大吼，他已經受不了這支電話了。

他關上手機，回客廳和舍惠女士玩。她知道慕許班傑昂先生剛剛講電話時很生氣，但她若無其事。

「女士，您好嗎？」阿純彬彬有禮地說。「天氣真好。」

「是的……不過，昨天開始變涼了。我能和馬呂黎先生談談嗎？」

阿純搖頭。

「啊？他不在啊……我可以請您幫我傳話給他嗎？」

哎呀！這下子遊戲變複雜了。阿純皺起眉頭。

「有人告訴我馬呂黎先生的哥哥的事。他是……低能兒。」

為了不要讓人認為她有偏見，她說這句話時，語氣很痛苦。

「是白──痴，」阿純糾正她。

「如果您堅持這樣稱呼的話，」芭鐸女士冷冷地說。

她越來越不喜歡這位慕許班傑昂先生。

「就我所知，他是個成年人，而負責扶養他的，似乎是他未成年的弟弟。您應該知道他們的情形吧？」

由於這位女士看起來很生氣，阿純覺得把錯推給兔兔先生的時候到了：

「不是我，是……」

「慕許班傑昂先生，我很清楚這不是您的責任！我只是想試著幫助馬呂黎先生。對了，我知道他名叫克雷博，但我不知道他哥哥叫什麼名字。」

阿純沒有反應。

「您連他的名字都不知道？他明明住在這裡！」

阿純以為這是猜謎遊戲：

「寇宏丹？」

「寇宏丹，」芭鐸女士複述一遍，好讓自己記住這名字。「那麼，長話短說：您能否轉告馬呂黎先生，他可以將寇宏丹送到瑪俐夸，讓他至少週一至週五住在那兒。週末的時候，寇宏丹可以回這裡來。我想這是最好的解決辦法，我沒說這是『理想的』辦法，但目前沒有更好的辦法了。請您告訴馬呂黎先生，要他聯絡社會服務中心。電話號碼在這裡……請他找芭鐸女士。」

阿純將紙條塞進口袋，決定停止這場無聊的遊戲。

「我要和我兒子玩，」他指著兔兔先生說。
「啊，真抱歉……我不知道他在等您。好的，那我就告辭了。」
阿純送舍惠女士出門，或者應該說，是直接把她推到門口。「有些人真的會讓你覺得你在打擾他，」芭鐸女士氣惱地想。
阿純回房間玩，但手機再度震動。
「討厭死了，」兔兔先生被手機弄得很緊張。
「喂？寇宏丹？」電話中傳出一名男子的聲音。
「怎樣？」阿純很不爽。
「噢不，你不可以用這種口氣對我說話，」寇宏丹的父親說。「你媽媽剛才告訴我，你跟她講話態度很差。我警告你，你別以為你可以這樣。我啊，我可以斷絕你的金援！」
阿純掛掉電話以資報復。他對這項戰利品非常不滿，因此把手機放回寇宏丹的房間。
雅莉亞比恩佐早回家。進入房間時，她馬上看見電腦的藍色螢幕。
「又當機了，」她在滑鼠墊上移動滑鼠。

她的動作很粗魯，小方格大筆記本因而掉在地上。雅莉亞撿起它時，隨即認出這是什麼。這不是恩佐在屋內隨身帶著的筆記本嗎？她翻開第一頁：「艾瑪的美是惡魔等級。」恩佐小說的開頭第一句。雅莉亞不禁皺眉。這本筆記怎麼會在這裡？答案很明顯。一定是恩佐趁雅莉亞不在的時候，將它放在書桌上。她的第一個反應，是想把筆記本往他臉上砸過去，像那束花一樣。但是，不管怎樣，她畢竟可以翻一下，然後假裝自己一眼都沒瞧。他怎麼可能知道她有沒有讀？

她開始閱讀第一章。儘管有塗改的痕跡，但字跡很好閱讀。雅莉亞很快明白，艾瑪寫的就是她。真是惱人。有個男孩愛著她，一名輕度智障的男孩，名叫勞倫恩佐。真有意思。雅莉亞開始想像艾瑪和勞倫恩佐的一舉一動。真令人著迷。她躺上床。第四章、第五章、第六章……她很想知道後續發展。可惜的是，故事停在一個引人入勝的段落，對書中這名不幸的男孩而言，是非常關鍵的時刻。

雅莉亞將頭埋進枕頭。所以，恩佐寫小說？他很有才華。她很想再讀一遍第一章：「艾瑪的美是惡魔等級。」時光在恩佐筆下凝結了。聽見艾曼紐的腳步聲時，她回過神來。趕緊將筆記本藏到枕頭下面。

「妳已經在床上了？這麼想我？」艾曼紐進房時這樣開玩笑。

「看看你的電腦。好像壞了。」

艾曼紐飛奔至鍵盤前面，雅莉亞趁機將恩佐的筆記本塞進自己身上的毛衣底下。她打算默默把它還給他。但恩佐不在客廳，她去敲他房門，無人回應。她走進恩佐的房間，看著床上亂七八糟的書和衣服，將筆記本丟在上面。

室友們一個接著一個回來了。首先是克雷博，然後是恩佐，接著是寇宏丹，三人都不知道他們不在時發生了什麼事。

「拿去，給你的，」阿純將紙條遞給弟弟說。

克雷博盯著電話號碼：

「你在哪裡找到這玩意？」

「舍惠女士給我的。」

「這位女士，她來了這裡？」

阿純點點頭。

「她來找誰？」

「慕許班傑昂先生。」

克雷博複述這個名字，一臉錯愕。

「她應該是按錯門鈴了。」

他打算待會去跟門房講一聲。「慕許班傑昂」聽起來像德國人或阿爾薩斯人。

「我咬花了，」阿純突然說。

「你什麼？」

「我咬花了。」

克雷博瞪大雙眼：

「這是什麼意思？」

「意思是：『我餓了。』你呢，你咬花了嗎？」

克雷博張開嘴巴正要回答，卻說不出話。阿純有時讓他覺得快昏倒了。

「你有買金黃布齊格嗎？」

「金黃布……這又是什麼東西？你為什麼這樣講話？」

「這是另一種語言，」阿純很有耐心地解釋。「我會說另一種語言。金黃布齊格，意思是嚼嚼的麵包。」

「不要，不要，」克雷博苦苦掙扎。「拜託你用正常的方法講話。你本來就已經夠機車了。」

「噢，噢，這個布羅亂鈕，壞壞。」

克雷博苦笑。最好的應付方法，就是隨他去。阿純終究會忘記這回事。但是吃晚餐時，阿純請艾曼紐遞給他金黃布齊格。

「金什麼？」艾曼紐說。

「有嚼勁的麵包，」克雷博一臉陰沉。

「是喔？那要去哪裡買？」寇宏丹問。

「布齊格專賣店吧，我猜。」

每個人似乎都在等克雷博進一步說明。

「阿純正在創造新的字，就這樣而已。沒什麼特別的。」

「啊，太棒了！」恩佐大嚷。「金黃布齊格！」

雅莉亞偷偷看著他。她再也無法正面直視他了。「艾瑪的美是惡魔等級。」這句話在她腦中縈繞不去。她好想問他：「小說最後，艾瑪有和勞倫恩佐上床嗎？」

「我也要講另一種語言，」恩佐這樣決定。「阿純，你可以把卡蘇軋絲給我嗎？」

「那是什麼？」阿純問。

「我以為你會說另一種語言……」

「對啊，但是和你的不一樣。」

「卡蘇軋絲，就是沙拉。寇宏丹，等你夾完卡蘇軋絲之後，請把它琵鈕特給我。」

「沒問題，」寇宏丹說，「但你先把金黃布齊格琵鈕特給我。」

這頓晚餐吃完的時候，寇宏丹和恩佐笑到流淚，雅莉亞則噗哧一笑，用拳頭按住緊閉的嘴唇。

「只有一下子的話還好，」艾曼紐說。「久了真的很機車。」

「噢，噢，這個布羅亂鈕，壞壞。」

寇宏丹就寢時心情好極了。這個阿純，其實應該頒發專利給他才對。十點半左右，手機震動。

「寇宏丹，我是媽媽。寶貝，你別掛電話。如果你有煩惱的話，我們得談談。」

「什麼？」

「你不要生氣。公寓裡是不是有女生跟你同居？你知道，我們不會因為這樣就大驚小怪。」

牡夏柏弗太太什麼都準備好了。如果她兒子宣布他和恩佐交往，她也願意接受。她已哭了一整晚。

「什麼女生？」寇宏丹開始火大。

「不，不，你別吼！吼叫一點用都沒有。你有你的私生活，這很正常。但你不應該因為這樣就掛我們電話。」

寇宏丹覺得毛骨悚然。他媽媽瘋了。

「爸爸在家嗎？」他緩慢地問。

「在，噢不，不在……我的意思是，你可以把事情告訴我。如果你認為你爸不應該知道這件事……」

牡夏柏弗先生就在她面前，兩人比手畫腳彼此串通。

寇宏丹思考了一下。

「妳現在吃的是什麼藥？」最後他這樣問。

牡夏柏弗太太目瞪口呆看著先生。

「怎麼了？」他竊竊私語。

寇宏丹的媽媽將話筒拿遠，輕聲說：

「他講到藥物。」

牡夏柏弗先生終於按捺不住。他把電話從太太手裡搶過來：

「你生病了？」

那一瞬間，寇宏丹覺得他熟悉的世界開始分崩離析。他的父母，真的是他的父母嗎？自從阿純出現在他的生活中，一切一切都不一樣了。他戒了菸，不再狼吞虎嚥，還會做運動。寇宏丹不再是寇宏丹了。「對了，或許我可以換個名字，」他想到金黃布齊格，於是這樣告訴自己。他關掉手機，去敲恩佐的門。

「你怎麼了？」

「我出了點狀況。」

他把剛才的事講給恩佐聽。

「等一下，」恩佐說，「你爸媽嚴重老人痴呆了。」

「是喔，」寇宏丹放下心來。「不是我有問題！」

隔壁房間裡的雅莉亞正豎耳傾聽。她聽得見恩佐房內有兩個人交談的聲音。沒什麼值得聽的，就是寇宏丹過去閒聊。但她無法制止自己想著恩佐。「艾瑪的美是惡魔等級。」這些字句陪伴著她入眠。

隔天，雅莉亞下課回來時，看見恩佐在客廳。他坐在貴妃椅上，正在寫作。她猶豫了一會。將頭探進門內。

「你在用功嗎？」

「沒有。」

他臉紅了，胸口小鹿亂撞。但他明明已經決定不要再繼續喜歡雅莉亞，並且在兩百或三百頁之後和艾瑪上床。

「所以，最後結局是什麼？」她指著筆記本問。

恩佐並不訝異她發現他寫的是小說。他經常擺出一副作家正在尋找靈感的模樣。

「我還不曉得。」

她在離他不遠的地方坐下。

「我讀了，」她向他坦承。

「讀了什麼？」

「『艾瑪的美是惡魔等級。』」

恩佐看著她，一臉狐疑。

「妳……妳拿我的筆記本去看？」

「噢，好了，你別假裝無辜。我會讀，是因為你把它放在我的書桌上。」

「我？我從來沒做過這種事！」

「恩佐，少來了！」

「我向妳發誓……」

「我覺得寫得很好。」

恩佐頓時忘記他的辯駁。

「真的嗎？」

「甚至可以說，寫得很棒。你得把它寫完。」

世界翻轉了。現在，雅莉亞對恩佐感興趣。

「你知道嗎，以前我認為你遊手好閒，而且帶壞了寇宏丹……」

「我的確遊手好閒，而且帶壞了寇宏丹，」恩佐說。「但我葡落許妳。」

「你葡……？」

「我葡落許妳。在另一種語言中，意思是『我愛妳』。」

雅莉亞驚訝得放聲大笑。

「你這個傻瓜。」

她的聲音變得很溫柔，恩佐聽得全身顫慄。他將手挪近雅莉亞，用指尖輕撫她的手腕。

「雅莉亞，我們難道不能……」

「不行，」她說。「有艾曼紐在。」

「有艾曼紐在，」恩佐溫順地重複。

他向後靠在椅背上，盯著天花板，像畫作裡的烈士一樣。雅莉亞感覺一股潮浪從她腹部深處湧現，即將把她捲向恩佐。她驚跳起身，嚇壞了。

「好吧，那我不打擾你寫作了。」

恩佐看著她逃離現場。

「孩子，她愛上您了，」韋爾德神先生這樣判斷。

恩佐又跑來他家傾吐一切。

「您這樣認為嗎？真不可思議……」

恩佐滿懷希望，同時又無比絕望。

「艾曼紐比我好多了不是嗎？」

「他確實比您更有男子氣概。但現在的女生喜歡小鬼頭。」

「喬治，您讀太多《美麗佳人》了。」

「您的困擾，」老先生說，「不會是您的情敵。問題在這個雅莉亞身上。她一定會認為，同時擁有男友和情夫，是很愜意的事。」
恩佐默默點頭。
「您應該讓她嫉妒，」韋爾德神先生低聲對他說。
當天晚上，機會就出現了。芭鐸女士拿到公寓的市話號碼，決定在晚餐時間打電話給克雷博。接電話的是恩佐。
「我是芭鐸女士。我找馬呂黎先生。」
「啊，史蒂芬妮，是妳啊？我認不出妳的聲音。」
「您認錯人了。我叫芳絲瓦。社會服務的芳絲瓦・芭鐸。」
「今天晚上？嗯，聽著，現在已經很晚了……」
「您可以請馬呂黎先生過來聽電話嗎？」芭鐸女士大發雷霆。
「明天？好吧，但妳不用來我家接我。」
雅莉亞豎起耳朵。這個女的在勾引恩佐。一定是文學院的女生。「她們沒有別的事可做，」雅莉亞憤怒地想。芭鐸女士已經掛斷電話，留恩佐一個人自言自語：
「好吧，我去妳家。但我不會待太久，我最近累壞了。就這樣，掰掰！」
他轉過身，很得意自己的演員天分，卻被雅莉亞惡狠狠的眼神劈個正著，頓時後悔方才這樣做。

「這個史蒂芬妮是誰？」寇宏丹問他。

「噢，一個不怎麼樣的女生。她醜得……很不漂亮。」

恩佐想消滅史蒂芬妮，但又做得太過火了。史蒂芬妮盤據雅莉亞的心，像世界小姐纏上龐德女郎。

克雷博則忙著尋找慕許班傑昂先生，好將舍惠女士的電話號碼交給他。

「我來這幢公寓工作還沒多久，」門房告訴他，「我從來不認識什麼慕許班傑昂先生。您應該去問問韋爾德神太太，她在東部有家人。」

韋爾德神先生很高興看到克雷博這個會上彌撒的年輕人前來造訪。

「慕許班傑昂？」他陷入沉思。「依薇特，妳的第二任丈夫是不是就叫這個名字？」

韋爾德神太太聳肩：

「胡說八道！他叫做彭彭。所以我才會離婚。依薇特・彭彭！咦，你們瞧瞧，現在叫做韋爾德神，並沒有比較好。」

在這一團和氣之中，克雷博向韋爾德神夫婦告辭。

「您打電話去問問留下電話號碼的這位女士，不就好了嗎？」喬治在門口提出建議。

克雷博覺得自己很呆，竟然沒有早點想到這一點。

「喂？」電話另一端的聲音聽來很疲倦。

「呃，您好，我找舍惠女士。」

「這裡沒有人叫這個名字。您要聯絡哪個服務部門？」

「服務？沒有……沒有。」

克雷博掛斷電話。

「服務，」他喃喃地說。

舍惠女士？服務？

「社會服務……」

噢，噢，這個布羅亂鈕，壞壞。

第十章

兔兔先生和聽不見的小女孩共度歡樂時光的時候

克雷博和許多年輕人一樣，認為如果避免去想的話，問題就會自動解決。他把舍惠女士丟到死產新生兒的墳場去陪伴慕許班傑昂先生。他有別的事要操煩。

聽過班上同學的交談內容之後，克雷博深信自己是唯一還沒和女生上過床的人。他知道愛會是他這一生的重要主題，這情況因此更加令人懊惱。

他無時無刻不想著碧翠絲。有時她滿嘴嚷著「克雷博」，到了隔天卻又彷彿忘了他叫什麼名字。她提議一起去看電影，然後忘記跟他約時間。她說「我再打給你」，卻沒有打來。他放棄等待時，她又打來了。

克雷博亟需找個人傾吐心事，但他只要一對阿純提到「碧翠絲」，阿純就拿起圖圖，用它的頭去撞牆。無可奈何之下，他只好開始重讀高一時研讀過的《紅與黑》[5]。既靦腆又屈居下位的朱利安・梭雷爾（Julien Sorel）如何贏得市長夫人的芳心呢？「他是一名十八歲的年輕人，將滿十九歲，臉龐不甚對稱，但很纖細……心平氣和時，一雙烏黑大眼顯得深思熟慮，眼中燃著熾熱火焰……」若再加上一副眼鏡，這儼然就是克雷博的寫照。「朱利安將雙唇湊近市長夫人的耳畔，冒著玷汙她名譽的風險，對她說：

「『夫人，今夜，凌晨二時，我會前往您的閨房，我必須告訴您一件事……』」

夜深人靜之時，克雷博進入市長夫人房內。「幾個小時之後，當他走出市長夫人的閨房時，以小說風格的語言來說，我們可以說，他再無事可慾。」克雷博心情沉重地嘆了口氣。

「你在做什麼？」阿純問他。

「一看就知道吧？我在陶冶智識！」

克雷博應該要像朱利安・梭雷爾一樣，碰碰運氣。之前碧翠絲跟他說過，這個週六下午，她會在家裡溫習數學小考。他可以去她家提議幫她複習。但這段期間阿純怎麼辦？恩佐不想再幫忙了。克雷博腦中浮現一個奸詐的主意：把哥哥托給薩赫菈。

「我得去買一些衣服，」他對薩赫菈說。「但是阿純在店裡完全管不住。這個星期六，我可以把他借放在妳家一兩個小時嗎？」

「我問問我媽。」

媽媽雅絲敏得知克雷博有個身心障礙的哥哥之後，便大大向他敞開了她的心門和家門。

週六，薩赫菈、潔蜜菈、蕾菈和瑪莉迦在家裡迎接兩兄弟。

「男生在哪裡？」阿純四下看了一圈之後，這樣問。

女孩們笑了起來。

「這裡只有女生，」克雷博告訴他。

他在玄關跳來跳去，彷彿賽跑之前的熱身。

5 譯註：《紅與黑》(*Le Rouge et le Noir*)，法國作家斯湯達爾（Stendhal，1783～1842）於一八三〇年出版的小說。

「女生都很笨，」阿純宣布。「我不要待在這裡。」

「我有一些彩色蠟筆，」薩赫菈對他說。「你畫一些兔子給我們吧。」

克雷博眨眨眼，閃人了。阿純很不高興。他指著蕾菈和瑪莉迦說：

「我不要畫兔子給這一了和這一了。」

「妳聽到了嗎，他不是說『這一個』，而是說『這一了』，」九歲的瑪莉迦高高在上地嘲笑他。

「那是因喂我會說另一種語言！」阿純大喊，他被激怒了。

「是因為你是笨蛋！」

「妳呢，妳是肚吱鼓吱！」

媽媽雅絲敏聽見吵架聲，趕忙來到玄關。

「啊，他來啦？午安……午安，你好嗎？進客廳吧。」

她說話的音量很大，彷彿阿純是聾子似的。阿純邊走進客廳邊喃喃自語：

「這裡，我誰都不喜歡。」

他把口袋裡的兔子先生的耳朵轉來轉去。

「我們該怎麼陪他呢？」雅絲敏問。

「我想離開這裡，」阿純低聲說。

他站在客廳中央，雙眼低垂，噘著嘴，雙唇顫抖。他不懂，克雷博為什麼把他丟在這間只有女生的屋子裡。他抬起雙眼，因為亞米菈踩著小碎步跑進客廳。聾啞的她對媽媽比了幾個手勢，同時用喉頭發出一些聲音。阿純一臉驚奇看著她。亞米菈很醜。她的雙眼已經動過手術，但還是有點斜視，戴著一副厚厚的眼鏡。她的耳朵因為助聽器而突出來，這套機器只能讓她遠遠聽見世界的微弱回音。她對阿純微笑，對他比了個手勢。

「她想讓你看看她的玩具，」雅絲敏說。

阿純跟著亞米菈走進她的房間。她和瑪莉迦睡同一間房。

「妳好好看著他們喔？」雅絲敏對瑪莉迦說。

瑪莉迦嘆了口氣。監督一個白痴和一個聾子，這是什麼下午啊！亞米菈在房裡打開她的箱子，拿出她最喜愛的扮裝服飾：貝兒的禮服、阿拉丁的鞋子、藍仙女的帽子……阿純看見這些寶物，雙眼亮了起來，像閃耀的星星。

「妳，妳走開，」他對瑪莉迦說。「我要和這一了一起玩。」

他指著亞米菈。

「好吧，太好了，」瑪莉迦憤怒地關門離去。

亞米菈打開她的珠寶盒。兔兔先生忍不住伸出耳朵：

「哈囉！」

它撲向那些珠寶：

「黃金，鑽石！我好富有，我好富有！」

亞米菈大笑起來。兔兔先生想到一個天才點子：

「我們來當夫人吧？」

箱子裡有各式各樣可以使用的道具：媽媽雅絲敏的舊長裙、一些披肩和圍巾、一把摺扇、一頂粉紅色的草帽、一條圍裙……兔兔先生在耳朵上綁了一條紅色方巾，扮成農婦；亞米菈穿上貝兒的禮服；阿純把長裙套在長褲外面，在身上掛滿珠寶。

「我們把自己化得美美的吧？」兔兔先生提議。

亞米菈去浴室拿了眉墨、粉底、口紅、腮紅。阿純坐在穿衣鏡前，化起眼妝。

「我要塗藍色，」他邊說邊塗抹一側眼瞼。「再來一點……」

他看著眼影盤說：

「便便。」

他在另一側眼瞼抹上一片金褐色。

「妳可以幫我塗口紅紅嗎？」兔兔先生問亞米菈。

她在兔兔先生的嘴巴上面畫了一個漂亮的紅色愛心，然後在它的雙頰襯托一抹胭脂。

「這位女士，您好美，」阿純稱讚它。

「對啊，但我好臭。」

亞米菈收藏了許多香水試用瓶。他們把香水擦在兔兔先生身上。

「你也抹一些在你的鞋子上吧，」它對阿純說。「你的腳很臭。」

薩赫菈發現瑪莉迦完全沒在監督阿純和亞米菈時，他們已經玩了好一陣子。薩赫菈匆匆跑進房內，撞見他們兩人身上滿是華麗俗氣的舊衣服，臉上亂抹一大堆化妝品。場面如此荒唐古怪，而兩位犯人又是如此驚愕，看得薩赫菈狂笑不已。

「不是我，」阿純說，「是兔兔先生。」

「噢，可憐的兔子！」薩赫菈看見它臉上塗滿一個油膩膩的紅色大心，不禁大嚷。

薩赫菈漸漸驚覺他們闖的禍有多誇張。房間臭氣熏天，眼影膏都被弄碎，口紅全被抹平，衣服也弄髒了。

「亞米菈，亞米菈！」薩赫菈朝著妹妹拚命擺手，責罵她。

亞米菈伸手指著兔兔先生，都是它的錯。是它想要扮演夫人。

於此同時，克雷博則在扮演男士。

「咦？」碧翠絲看見他站在門前時，她這樣說。

「對，我碰巧路過……或許我們可以一起複習數學？」

「我爸媽快回來了，」碧翠絲的微笑很微妙。

這句話可以解讀為兩種意思。其一對克雷博有利，意思是碧翠絲單獨在家。其二則是警告。她是獨自在家沒錯，但不會太久。

「你想看看我的房間嗎？」

克雷博點頭，同時聳肩，兩個動作加起來的意思是：「有何不可？」

碧翠絲的家具全都是風格溫馨的諾曼第品牌「居家」（Interior's），松木製造的小床、附帶祕書桌的小衣櫃、用來放置小擺飾的小書架。克雷博看看四周，覺得自己的腳很大很大。

「你覺得怎樣？」

「就……就這樣。」

他做了個含糊的鬼臉。他腦中想像的是一張大大的公主床、暗色系的掛毯、厚地毯。午夜過後的市長夫人閨房。

「數學老師給的作業，我完全搞不懂，」碧翠絲拿起數學檔案夾說。

克雷博緊緊靠著她，肩膀貼著她的肩膀，作勢要讀數學習題的已知條件，同時趁機環抱她的腰。

「你啊，你是來用功，還是來勾引我？」

他狡黠地笑。

「不能兩者兼顧嗎？」

碧翠絲微微拉開距離。她開始對克雷博有了戒心。和從前相較，他變得比較有自信。

「我爸媽快回來了。」

「這妳已經說過了。」

他保持微笑，但毫不浪費時間，雙手往他想摸的地方摸去。

「住手，好嗎？」

「我愛妳，」他輕率地說。

他緊緊擁抱她。她稍微掙扎一會，然後任憑他親吻她。克雷博失去理智。

她屈服了，她屈服了！突然之間，變成她緊抱著他、纏繞著他。她緊貼他的肚子，像一隻貓磨蹭著他。朱利安．梭雷爾是怎麼完成這件事的？小說沒有解釋。他想必是將市長夫人撲倒在床上。克雷博發現碧翠絲的床有點遠，而且相當窄。他很有可能會倒在地毯上，或是把碧翠絲撞昏在牆上。最關鍵的一點，是他很快就即將處於不再能夠慾望任何事物的狀態（這是小說風格的講法）。結果，是他推開碧翠絲。她撩起頭髮。呼。真的好熱。接著她開始找筆，找紙，打開她的教科書，又闔起來。隨便找事做。

「那麼，我……就不打擾妳用功了，」克雷博結結巴巴地說。

但他終究不能就這樣離開。他征服了一片新的疆土，他得彰顯這件事，插上他的旗子。

「妳不會怪我吧？」他朝著碧翠絲的脖子輕輕吐氣說。

「你……很煩。你滿腦子只有這檔事。」

克雷博覺得她的責難是一種讚美。她不再把他當小鬼頭看待了。

「我愛妳，」他用充滿男子氣概的聲音說。

他不敢再度擁抱她。如果再來一次，可能就是畫蛇添足。他離開她家，對自己的表現還算滿意，但他全身痠痛，彷彿打了一個小時的架。

他在街上吸氣、吐氣、吸氣、吐氣。回去找薩赫菈之前，他花了充足的時間來讓自己恢復平靜。

「你買了什麼？」她問他。

「買了什麼？噢對，買了什麼！呃，什麼都沒買。貨色很糟。」

她用一種奇異而銳利的眼神凝視他。他臉紅了。

「阿純在妳家過得怎樣？」

「他和亞米菈處得很好。」

克雷博走進亞米菈的房間時，電熱晾衣架上的兔兔先生已經快晾乾了。

「口紅紅，沒有全部擦掉，」阿純對弟弟說。

這隻兔子現在有一張血盆大口。

「真難看，」克雷博嘀咕道。

他向薩赫菈與她母親道謝，然後帶阿純去杜樂麗花園，看看小帆船，看看小孩子。他很想哭，但不知道為什麼。

克雷博和阿純在杜樂麗花園閒晃時，雅莉亞和艾曼紐在房間裡讀書，一個躺在床上，一個坐在書桌前。雅莉亞不時豎直耳朵，想知道恩佐回來了沒。

「是不是有人按門鈴？」艾曼紐問。
他在椅子上不動如山，雅莉亞只好嘆著氣站起來。
「爸爸？」看見父親走出電梯時，她說。「媽媽？」
牡夏柏弗夫婦親吻女兒臉頰向她問好，兩人的神情彷彿參加喪禮。
「我們有打電話過來找妳，」牡夏柏弗先生說，「但每次都是慕許班傑昂先生來接電話，他只會跟我們聊天氣。」
「你們應該是打錯號碼了，」雅莉亞說。
「不不，親愛的，不是這樣，」牡夏柏弗太太非常沮喪地說。「妳爸爸和我，我們認為寇宏丹最近狀況很不好。」
雅莉亞目瞪口呆。
「妳解釋清楚一點！」牡夏柏弗先生怒道。
「噓，說不定他在，」牡夏柏弗太太輕聲囁語。
「不，他出去了，」雅莉亞說。「但寇宏丹出了什麼問題？」
「他自稱慕許班傑昂先生。」
雅莉亞的爸爸向她解釋，一開始，是寇宏丹接手機的時候，用很粗魯的態度對他們說話。

「然後當我們打市話想找妳時，是他接的電話。他拒絕叫妳來聽電話，而且他講話像機器人一樣。完全認不出來。」

牡夏柏弗太太哭了出來。雅莉亞心想，應該是阿純接的電話。但他們堅稱寇宏丹連講手機都很奇怪。這就難以理解了。

「妳沒發現什麼異狀嗎？」她媽媽問。

雅莉亞先是搖搖頭，然後突然楞住。

「怎麼了？」

「不，沒什麼……寇宏丹戒菸了，就這樣而已。而且他不像平常那樣一直變胖，反而瘦了。」

「他變瘦了！」這消息讓牡夏柏弗太太更加驚駭。

「變得很瘦嗎？」牡夏柏弗先生以悲劇性的口吻，特別強調句中的「很」。

「四或五公斤吧。但他這樣很好，先前他有點胖嘟嘟的……等等，有人按門鈴。」

雅莉亞按下對講機，聽見對方說：

「我是芭鐸女士。」

她再度造訪，因為勒莫萬樞機路這戶公寓裡的房客在她眼中十分可疑。她很驚訝門口已經擠了三個人。

「您好，」她以相當尖酸刻薄的口吻說。「我是社會服務的芭鐸女士。我來這裡是因為寇宏丹需要入院安置，不曉得你們知道這件事嗎？」

「我的天哪！」牡夏柏弗太太握住雙手說。

「您在說什麼？」雅莉亞問她。

「這位小姐，我先前沒能遇見您，」芭鐸女士已對這件事失去耐心。「關於寇宏丹的情形，我不能告訴您更多細節。」

「但我們是他的父母啊！」牡夏柏弗先生表示反對。

這時，有人用鑰匙將門打開。克雷博踏進屋內，後面跟著阿純。

「這裡人太多了，」阿純一面咕噥抱怨，一面推擠所有擋路的人。

「慕許班傑昂先生，您很會用拐子撞人，」芭鐸女士的聲音非常緊繃。

「我不是慕……」

芭鐸女士巴不得讓他閉上鳥嘴：

「您就是故意撞人！」

「等一下，等一下！」牡夏柏弗先生大嚷。「您為何叫他慕許班傑昂先生？」

「因為這是他的名字，」芭鐸女士回道。

克雷博盯著她，臉上的表情越來越擔憂。她察覺了這一點：

「您該不會湊巧就是馬呂黎先生吧？」

「是的。」

她尖叫一聲：

「您終於出現了！但是寇宏丹不在您身邊？」

「不……」

「您就這樣不管他，完全無人看管？」

「我不懂為什麼我應該看管寇宏丹，」克雷博楞楞地回答。

「您還年輕，我不會責怪您，」芭鐸女士雖然這樣說，但眼神非常嚴厲。

「但您這樣是徹底的不負責任。他在哪裡？」

「寇宏丹？我……我哪知道他在哪，」克雷博嘟噥著說。

「他失蹤了？」牡夏柏弗太太萬分驚駭。

就在這時，又有人用鑰匙開門。或許是恩佐，或許是……

「寇宏丹！」雅莉亞、牡夏柏弗夫婦和克雷博同時大嚷。

寇宏丹後退一步。

「你們把門關上，」芭鐸女士下令。「不然他會像兔子一樣溜走……」

「哈囉！」芭鐸女士背後有個聲音這樣說。

她感覺有個東西輕輕落在自己的肩膀上。她微微轉頭，嚇了一跳。兩隻長長的耳朵搔著她的臉頰。她趕緊閃開，看見慕許班傑昂先生搖晃著手中的布偶。

「這是誰？」慕許班傑昂先生一臉淘氣地問她。

「是兔兔先生！」寇宏丹大喊。

「他們全都瘋了，」芭鐸女士心想。

克雷博終於得以講明阿純才是他的低能兒哥哥之後，所有人終於明白，慕許班傑昂先生只是一個討人喜歡的虛構人物。寇宏丹的媽媽也同意，白痴阿純先前胡亂回應她，並無惡意。

「但是，」她問兒子，「接手機的人確實是你沒錯吧？」

寇宏丹直直盯著阿純。

「不是我，」他說，「是兔兔先生。」

告辭之前，芭鐸女士和克雷博約好，下週六會面。

「請您盡量別帶哥哥一起來。這樣我們比較可以好好討論。」

第十一章

兔兔先生再度上路前往瑪俐夸的時候

隔週的週六，克雷博再度把阿純寄放在薩赫菈家裡。亞米菈在大門後面等他們，看見阿純時，她開心得跳個不停。阿純臉上掛著大大的笑容，彷彿在兩隻耳朵中間掛了一張吊床。

「他們感情真好，」潔蜜菈說，「不知他們是怎麼辦到的。」

亞米菈將頭歪向一邊，伸手指著阿純的口袋。他把手伸進口袋，掏出兔兔先生：

「哈囉！」

克雷博和薩赫菈互望一眼，覺得很有趣。

「我得走了，」克雷博說。「我下午兩點有約。」

芭鐸女士在一間小小的辦公室等克雷博，四周都是鐵櫃。

「馬呂黎先生，請坐。我很高興您能騰出時間。您的生活多不尋常啊！」

她的眼神充滿無限同情，使得克雷博自己都開始憐憫自己。

「事實上，」他說，「確實是有相當辛苦的時候。」

「您是個了不起的弟弟。您的犧牲遠遠超過一般年輕人能夠付出的程度……」

克雷博心想，不知社會服務會不會頒獎給他。

「但您也該稍微為您自己著想。您不能讓犧牲奉獻的精神威脅您的未來。」

有個弱智哥哥，這確實對把妹沒有什麼幫助，但克雷博並不認為這會構成多大威脅。

「當然，我並非鼓吹自私自利，但任何事都有限度。」

芭鐸女士喜歡滔滔不絕講一堆空洞的句子。她講了超過十分鐘，才終於切入正題：

「您父親馬呂黎先生要求我們重新考慮，是否能夠將阿純——我是說巴爾納貝，安置在瑪俐夸中心。」

原本已陷入半昏睡狀態的克雷博，聞言突然一驚：

「送到瑪俐夸？」

「對，我知道……」

她伸出手，要克雷博先別表示異議：

「我知道您對這間機構頗有微辭。但是他們的管理者剛換人，因此，儘管過去某些做法有爭議，比方說過度投藥，但是現在這批工作人員遵循的是不同方針……」

接下來又是一連串廢話，倦意再度將克雷博的眼瞼壓得沉沉欲睡。

「總之呢，我向您提議，在您的父親，也就是巴爾納貝的法定代理人同意之下，每週一至週五將巴爾納貝安置在瑪俐夸。您可於週五晚上或週六早上，去將您的哥哥接出來共度週末，時間由您決定。馬爾利勒魯瓦鎮（Marly-le-Roi）離近郊鐵路車站不遠。」

如果是幾週前的話，克雷博一定會大喊：「瑪俐夸，想都別想！」但他已精疲力竭。芭鐸女士說的話聽起來很有道理，而且她用許多恭維來包裝她的提議。

「您父親會在週日去您的住處接巴爾納貝，他會親自把巴爾納貝載到瑪俐夸，」最後，芭鐸女士這樣說。

會談結束時，克雷博和她握手。兔兔先生的命運就這樣決定了。

「所以呢，她想要你怎樣？」薩赫菈問他。

克雷博聳聳肩膀，一副無關緊要的樣子：

「她要我在平常日的時候，把阿純留在瑪俐夸。」

「你拒絕了吧？」薩赫菈問得理所當然。

「沒有。」

兩人閉口不語，氣氛很尷尬。

「阿純和亞米菈玩得很開心，」薩赫菈說。「他們比賽畫兔子……」

克雷博很生氣，彷彿薩赫菈為了某種理由而指責他似的。

當天晚上，克雷博向室友們宣布社會服務的決定。阿純不在場。

「阿純知道嗎？」恩佐問他。

「還不知道。」

「你不能表示反對嗎？」

「我父親才是……監護人。」

克雷博覺得很可恥。他應該反對才對。

「週五晚上我會去接他。整個週末我都會照顧他。」

他聲音顫抖。

「這樣對你的學業比較好，」艾曼紐安慰他。「你不能只以哥哥為中心來過日子。而且，阿純也需要他自己的空間。瑪俐夸有教育人員，他們會刺激他的智力。他在這裡只是萎靡不振。」

克雷博輕輕點頭，向艾曼紐表示謝意。

「不不，等一下，胡說八道！」恩佐發火了。「你們沒聽過阿純玩瑪俐夸遊戲嗎？那個地方只讓他覺得恐怖！」

克雷博將臉埋進雙手。

「真聰明，」艾曼紐狠狠瞪著恩佐說。「你以為這樣講是在幫他嗎？」

「我才不在乎幫不幫他！我講的是阿純。」

「所以你要負責照顧嗎？你不是最近才說，你不希望我們繼續在克雷博不在家時把他丟給你？」

他們兩個站了起來，相互對峙。

「你們總不會開始互毆吧，」寇宏丹開口調解。

雅莉亞伸手按住恩佐手臂，要他冷靜下來。艾曼紐看在眼裡，滿腔怒火都寫在臉上。

「你們為什麼吵架？」

大家以為阿純已經睡了，他卻突然出現，讓所有人頓時冷靜下來。

「沒什麼，」雅莉亞說。「男生嘛，都是為了小事吵架。」

「他們要把你送回瑪俐夸，」恩佐說。

雅莉亞一拳揍在他肩膀上。

「你別亂說！」

「我是亂說，還是實話實說？」

「我不會去瑪俐夸吧？」阿純邊說邊用眼神詢問弟弟。

「不……不是現在，」克雷博含糊不清地說。

「以後？」

「對。」

「十二年後？」

「沒……沒那麼久。」

「下週一，」恩佐猛然這樣說。

他再度被揍一拳。

「不可以打恩佐，」阿純說。

寇宏丹再也忍不下去。他從沒遇過這麼難熬的場面。

「兔兔先生，它不要去瑪俐夸。」

「你很清楚它只是一個布偶，」雅莉亞對他說。

阿純搖搖頭。

「它會跳窗戶。」

這是自殺威脅。寇宏丹受不了了，他離開客廳，躲回自己的房間痛痛快快哭一場。

艾曼紐湊近克雷博，低聲告訴他：

「你別被嚇唬。這種機構一定都有鐵窗。」

克雷博依舊啞口無言。雅莉亞執起阿純的手，把他拉到走廊上。克雷博聽著她的聲音漸行漸遠：

「你知道，你只會在那邊待幾天。有時候你會在瑪俐夸，有時候你會在這裡。這樣克雷博才能在學校好好讀書。你很愛弟弟，對不對？」

艾曼紐拍拍克雷博，安慰他：

「你看著，事情會解決的。在他的權益和你的權益之間必須找到一個平衡點。」

恩佐背對他們，去窗邊盯著街道。每個人都選了自己的陣營。

接下來的幾天順利度過。克雷博對阿純聊瑪俐夸的事。他拿月曆給阿純看，把週一到週五之間的每一天都做上記號。

「星期六和星期天，你會回來這裡，我們會去杜樂麗花園散步，去……」

「去找亞米菈？」

「去找亞米菈，」克雷博向他肯定。

恩佐說出真相，這是正確的決定。他們確實應該告訴阿純事實，並用最簡單的方法告訴他。但是，打從那次爭執之後，恩佐總是盡可能避開室友。他躲在索邦大學的圖書館裡，寫小說。想到雅莉亞時，他就揉揉肩膀，接下來這幾章，艾瑪揍人揍得很狠。

克雷博則在學校迴避薩赫菈。

「說起來還是很蠢，你還是得在週末顧哥哥，」碧翠絲向他指出這一點。

「這樣你根本不能出去玩。還有別的。」

克雷博心想，如果阿純偶爾接受在瑪俐夸度過週末的話，他或許可以見識碧翠絲口中的「別的」指的是什麼。

星期天，克雷博得幫哥哥打包行李箱。每樣東西都讓他煩惱。要把摩比積木人偶放進去嗎？「時代」呢？還有鏘鏘槍？除了休閒服之外，還應該打包哪些衣物呢？他們一定不會准許阿純打扮成慕許班傑昂先生。克雷博杵在房間中央，垂著雙臂。

他決定從套頭衫開始打包，於是拿起衣櫃中的一疊衣服。這時他發現了寇宏丹遺失的那些打火機。他因此感到一股奇異的解脫感。他手上有證據，證明阿純有潛在的危險性。從這一刻開始，他的疑惑有了解答。他整理了一大袋玩具，把西裝摺疊起來。

「你要去旅行？」阿純進房問道。

「不是，是你。我跟你說過了……」

阿純變臉了：

「不是今天吧？」

「是今天。你看，我把你的玩具放進行李箱裡了。」

「行李箱這是我的？」

阿純似乎很得意。他拎起行李箱，欣賞鏡中的自己。

「慕許班傑昂先生，他要去旅行，他要去……去……」

他因驚慌而氣喘吁吁。

「去瑪爾嘉粥芽，」他一口氣說完。「這是另一種語言。」

那一刻，克雷博真希望自己說的是另一種語言，生活在另一個地方。

晚上，馬呂黎先生來了。他已超過兩個月沒和兒子們見面。

「他是爸爸，」阿純這樣告訴克雷博，似乎認為有必要介紹他們認識。

馬呂黎先生擁抱兩個兒子。

「我不能每個週末都跑這一趟，」他先講明這一點。「瑪蒂爾姐懷孕七個月……好了，這是他的行李箱嗎？」

「對，」克雷博說，「但我在想……」

「你什麼都別想。先前你就是想太多了。你看看，結果你把我們帶到哪裡。回到出發點。而且我們差點就弄丟了瑪……某個地方的位置。」

「嘰咕，嘰咕，嘰咕，」阿純模仿他斥責克雷博的聲音。

馬呂黎先生似乎被擾亂了一下。但他拿起行李箱，巴不得趕快結束這樁苦差事。克雷博陪哥哥走到街上。

「這是爸爸的車，」阿純說。「爸爸把行李箱放在後面。他打開門。爸爸有鑰匙。」

他小聲描述父親所有舉動，像描述某種功績。克雷博用眼角偷瞄他，怕他在最後一刻崩潰。

「我坐前面？」阿純問道。

「對，但你什麼都別碰，」馬呂黎先生依舊高高在上。

阿純似乎很開心。

「那就星期五見囉，」克雷博對他說。「我會去接你，你有聽懂吧？」

「我坐前面，」阿純回答的方式，彷彿沒有什麼事比這更重要。

他沒向弟弟道別，直接坐上車。

「你不要一上車就到處亂摸！」馬呂黎先生嘀咕抱怨。「好了，我走了。週五你會自己想辦法過去吧？」

他問這問題時，似乎一心一意只忙著調整後照鏡。

「沒問題，」克雷博說。

他頭也不回地走了。關上公寓大門時，屋內瀰漫一股汽車廢氣。

晚餐時間，死氣沉沉。

「可憐的阿純，」寇宏丹說，「有他在，氣氛畢竟不一樣。」

恩佐才剛坐下，就又站起身來，拿著一顆蘋果和一塊麵包溜進房間。今天大家都很早回家。

「寇宏丹說得沒錯，」艾曼紐對雅莉亞說。「這裡的氣氛和以前不一樣了。我們為何不搬出去？」

「搬出去？搬去哪？」

「我們可以租一間獨立套房。就我們兩個。」

這件事艾曼紐已經考慮了好一陣子，但雅莉亞壓根沒想到他會這樣提議。她以為這主意很容易推辭。

「我們沒錢租套房。」

「我爸媽可以幫忙出錢。」

「你確定嗎？」

艾曼紐試著保持淡漠的口吻：

「確定，只要我說我們要結婚。」

雅莉亞像觸電一樣震了一下。她輕笑一下來掩飾心情：

「哇噢，認真？現在談這個還太早了吧？」

「我二十五歲了。我愛妳。」

他用眼神反問她。

「我也愛你。但我……我想先完成學業。而且，還有寇宏丹……」

艾曼紐差點大喊「還有恩佐！」但他忍住了。

「當然，當然。不管怎樣，我沒打算要妳馬上回答。妳好好想想？」

雅莉亞喃喃地說「好的」，並不斷愛撫艾曼紐。但是入睡之際，有幾個字在她緊閉的雙眼前方漂浮、集結。「艾瑪的美是惡魔等級。」

星期一，克雷博覺得自己像逃出籠子的鳥一樣自由。星期二，他仍充分享受這份自由。星期三，他打電話給碧翠絲，想邀她來公寓坐坐。她說不要。他發笑，然後發怒。碧翠絲威脅他：「我要掛電話了。」他們在公寓共度午後時光。星期四，克雷博沮喪到了谷底。他想打電話給父親，打聽阿純的近況。他抵達瑪俐夸時，反應如何？克雷博眼前再度浮現阿純提著行李箱照鏡子的模樣。克雷博眼裡盈滿淚水。那時，阿純在演戲，他在扮演慕許班傑昂先生。

「爸爸？我是克雷博。對，我想知道……你有阿純的消息嗎？」

「你不是明天就會見到他？」

「對，但我想知道，星期天他入院時還好嗎？」

話筒另一端陷入沉默。

「爸爸？」

「是，是，我在。你要我怎麼講？他大鬧一場，真是亂來！」

克雷博雙腿一軟，坐了下來。

「啊？」

「想也知道！」馬呂黎先生很生氣。「瑪俐夸的人有跟我好好解釋。阿純現在已經不習慣那個地方了，必須讓他重新適應環境。都是因為你那荒唐的念頭……」

「他做了什麼？」

「我不是說了嗎，大鬧一場！他尖叫、打人、試圖逃走。他們出動了好幾個人才制住他。」

克雷博聽不下去了。

星期五是可怕的一天。時間過得太快，同時又過得太慢。克雷博恨不得趕快解救哥哥，但又害怕和阿純面對面。放學時，他沒等碧翠絲，反而追在率先走出教室的薩赫菈身後。

「薩赫菈！」

她轉過身來。

「薩赫菈，」克雷博又說一次。

這個星期，他都躲著她。他和碧翠絲的互動很明顯，其他同學有點嫉妒，故意稱呼他們「馬呂黎夫婦」。

「我待會要去接阿純。」

「你希望他週六待在我們家？」薩赫菈的聲音沒有起伏。

「對。不是這樣。等等。我們可以散個步嗎？」

他們默默走遠。但薩赫菈懂得傾聽他沒說出口的話語。

「你哥還好嗎？」

「很糟。」

他握緊她的手腕。他再也不知道自己在做什麼了。

「我害怕自己一個人去那裡。」

薩赫菈懂了。他需要她。

「妳可以跟我一起去嗎？」

她可以回答：「你幹嘛不找碧翠絲？」但她也可以回答：

「我問問我媽。」

他們搭上近郊鐵路。路上，他們聊著亞米菈。克雷博想知道她上哪個學校，有沒有進步，快不快樂。駛近目的地時，他噤聲不語。

「希望我還記得路，」下車時，克雷博說。

但他隨即認出眼前這座有飛馬石雕的大水池，樹蔭下的長長走道，以及通往瑪俐夸的上坡路。

他按下門鈴。薩赫菈很訝異，門內竟是一座寬敞而且鋪有地氈的大廳，幾個身影匆匆來去。簡直像旅館一樣。有個女士坐在寫著「諮詢處」的牌子下面。

「我是馬呂黎先生，」克雷博報上名字。「我來接我哥，他會在外面度週末。」

「是嗎？」櫃檯小姐似乎非常懷疑。

她低垂雙眼，盯著一本登記簿。

「是的，」她承認這件事的口吻，彷彿覺得很遺憾似的。「一一二號房，在二樓。」

克雷博決定爬樓梯。白色大理石砌建的樓梯，是往昔輝煌歲月的遺跡。有個人爬上樓，另一個人下樓，他們都默默和克雷博擦身而過。很匆忙，很匆忙。克雷博在走廊上看見一名非常年邁的老太太扶著牆壁向前走。她出聲叫薩赫菈：

「小姐，我母親在我的房間裡。」

「您母親？」薩赫菈很訝異。

「我也不是覺得困擾啦，」老太太說。「問題是她已經死了。」

克雷博拉扯薩赫菈的手臂，對她耳語：

「她瘋了。」

走廊另一邊傳來負責監視這一層樓的女士的聲音：

「鄧芷太太！您又溜出房間了！我要向您母親告狀。」

克雷博加快腳步，來到一一二號房前。他敲敲門，無人回應。他走進房間。

「又是人！」一名看不出年紀的男人大喊。他已穿上睡衣。

「抱歉，櫃檯搞錯房間了……」

「都是人，都是人，都是人，」男人邊說邊揮拳揍自己的頭。

克雷博把薩赫菈往門口推：

「他也瘋了。」

他奔回櫃檯：

「我哥不在一一二號房。」

「是嗎？」櫃檯小姐越來越懷疑克雷博的腦袋。

她再度低垂雙眼盯著登記簿。

「啊，不對，是二一二號房。請您快點，我們要關門了。」

克雷博深吸一口氣，沒有罵髒話。三樓很暗，只剩一盞小夜燈照亮走廊。晚上七點，這裡彷彿已是最深最濃的黑夜。瑪俐夸的晚餐時間是傍晚六點。現在已是就寢時間。

二一二號房。克雷博微微推開門。阿純確實在房內，他坐在床上，外套扣子沒扣好，肩上扛著他那袋玩具。

「阿純？我來了。喂！克雷博來了。你不跟我問好嗎？」

「有蛇，」阿純說。他沒看弟弟一眼。

阿純指著床前小地毯的圖案。這裡的女士幫他穿好衣服之後，他就盯著地毯上的圖案等待著。薩赫菈搖晃他的肩膀：

「阿純，你跟我們走吧？我們回公寓去。」

「有蛇，」阿純輕聲說。

「你想見亞米菈嗎？」

阿純抬起雙眼，一雙藍色眼眸當中，光芒已經熄滅。

「走吧，」他用呆板的聲音說。「這裡，我誰都不喜歡。」

正要離開房間時，克雷博覺得自己好像忘記了什麼人。他在門邊停下腳步。

「你有帶兔兔先生嗎？」

「沒有。」

「它在哪？」

阿純直直走向床頭櫃，拉開抽屜，拿出他的兔子，將它遞給克雷博。薩赫菈尖叫一聲。它的雙眼不見了。

「你做了什麼？」克雷博大叫。

「兔兔先生，它不想看到這些。」

「眼睛你有留著嗎？」薩赫菈問他。

阿純點頭，拍拍外套口袋。裡面有什麼東西叮咚作響。

「雅莉亞會把它縫回去，」克雷博說。「我們走吧。」

下樓梯時，他們在三樓和二樓之間碰到剛才那位扶著牆壁行走的老太太。

「小姐，」她對薩赫菈說，「我奶奶躺在我的床上。我也不是覺得困擾啦，問題是她尿床了。」

「鄧芷太太！」樓下傳來呼喊聲。

「這女的真的很糾纏不休，」老太太說。

她盡可能用最快的速度向上爬。

「她是想要討出去的烙太太，」阿純認出她來。

闔上瑪俐夸的大門時，克雷博也有一種成功脫逃的感覺。走到街上後，阿純沒有特別反應，只是一一說出眼前事物的名稱：

「樹木，馬兒的雕像，賣蛋糕的麵包店……」

到了車站，克雷博給他一張車票。

「我把它放進洞裡？」

「對，然後你推開旋轉閘門。」

「噗！漂漂不見了。哈囉，它在這裡！」

車票被吸進縫隙然後再度出現，使阿純臉上露出第一道微笑。

分道揚鑣之際，薩赫菈告訴克雷博：

「你知道，我家總有人在。如果你想的話，我們可以在週三或週六幫忙照顧阿純……」

弦外之音是要他別把阿純送回瑪俐夸。克雷博覺得她在指責他，所以他沒有道謝，只發出一聲呼嚕聲。接下來，由於他別無選擇，他只好親吻她的兩頰來道別。一陣柔和的香水味包覆了他，香草和橙花的香氣。

「明天見？」

「亞米菈會很高興，」薩赫菈回道。

她心慌意亂，轉身時撞到了門。

恩佐在家裡亂轉電視，他的臉從來不曾這麼臭。雅莉亞走出房間，想去廚房倒杯水，瞥見恩佐在陰暗的客廳裡。她悄悄走到他身邊。她打著赤腳，穿得和平常一樣衣衫不整。恩佐假裝看《神探德瑞克》[6]看得起勁，但這齣影集實在沒什麼說服力。雅莉亞蹲在沙發上：

6 譯註：《神探德瑞克》（*Inspecteur Derrick*），一九七四年至一九九八年播映的德國電視劇，共兩百八十一集。

「你有空聊聊嗎？還是真的這麼好看？」

恩佐把電視轉成靜音。焦慮緊緊扼住他的喉嚨。他感覺自己肌膚的熱度，如此熾烈，彷彿正在擁抱她。

「阿純要回來了，」雅莉亞輕聲說。「我在想，或許我們可以跟克雷博說我們會幫忙。如果我們每個人都幫一點忙，說不定阿純就可以留下來。你不覺得嗎？」

「嗯。」

他緊咬牙關，幾乎無法放鬆。

「對了，你還有繼續寫你的小說嗎？」

「有。」

「你會讓我讀嗎？」

他回想自己在最近五十頁當中如何折磨艾瑪，冷笑。

「這是什麼意思？」

「意思是：我才不鳥妳。」

「你人真好。」

如此靠近，又如此遙遠。兩人的身軀之間，隔著馬克王的劍[7]。

「你在想什麼?」雅莉亞低聲囁語。

「崔斯坦和伊索德。」

「你……很愛我嗎?」她的笑哽在喉嚨。

「妳心知肚明。」

「那史蒂芬妮呢?」

他聳聳肩膀,沒有答腔。

「你要知道,艾曼紐向我求婚了。」

「讚。」

「我說我會考慮。」

「那我呢,雅莉亞……」

「你?」

「妳願意嫁給我嗎?」

他們聽見克雷博用鑰匙開門的聲音。雅莉亞打算趁機離開,但恩佐猛然握

7 譯註:典故出自中世紀流傳之亞瑟王傳說(Légende arthurienne)當中命運多舛、無法廝守的一對戀人崔斯坦(Tristan)與伊索德(Iseult)。一日,伊索德的丈夫馬克王撞見他們共寢,於是悄悄留下自己的劍,示意自己來過。

住她的手臂：

「回答我啊？」

「不。」

他失去理智：

「妳是個賤貨，妳只會賣弄風騷！」

她揍他一拳，他揮拳反擊。他們相互扭打起來，同時天花板的燈亮了。

「打架，不好。」

雅莉亞飛奔過去，摟住阿純的脖子：

「我好高興你回來了！」

阿純推開她，伸手指著恩佐說：

「是他。妳應該親他。妳不乖。」

「我就是這樣跟她說的，」恩佐邊說邊將長褲裡的襯衫重新紮好。

寇宏丹聽見聲音，從房裡走出來。

「怎麼樣，兔兔先生近況如何？」寇宏丹很開心看到阿純。

「它沒有眼睛了，」阿純把兔子遞給雅莉亞。

眾人面對瞎掉的布偶，陷入沮喪的沉默之中。寇宏丹清清喉嚨：

「我說啊，克雷博，或許我們可以輪流看管阿純？」

「週一和週二我都無所事事，」恩佐說。

「週六我常常在家，」雅莉亞表示。

「我呢，週日我通常在杜樂麗花園把妹，」寇宏丹說。「但實在很不成功，所以我可以帶阿純一起去。」

「說不定，你帶著阿純比較可以把到妹，」恩佐說。

克雷博笑了起來，熱淚盈眶。艾曼紐終於放下電腦，提議大家喝一杯來慶祝阿純回來。雅莉亞去拿針線，把兔兔先生的眼睛縫回來。縫好之後：

「哈囉！」她搖晃著兔子耳朵說。

她把它還給阿純，然後又想親他。他再度推開她，一臉怒氣：

「妳不應該親我。妳的戀人，是他。」

他指著恩佐。

「太完美了，」艾曼紐邊說邊離開客廳。連阿純都看得出來。

隔天，克雷博把阿純帶去薩赫菈家裡時，覺得他們全家都出動了。媽媽雅絲敏烤了蛋糕，爸爸拉赫比拿出他的舊水煙壺來給阿純玩，女兒們把她們的玩具都集中起來，潔蜜菈偷偷化了妝，蕾菈在嘴上塗了三層草莓唇蜜，亞米菈裝扮成藍仙女。

「太多人太漂亮了，」阿純這句話引起哄堂大笑。

「兔兔先生！兔兔先生！」娜依瑪、努希雅和瑪莉迦鼓譟要求。

阿純噘嘴盯著天花板，左右搖晃，他竟然這麼會裝腔作勢，克雷博看得目瞪口呆。最後，阿純將手伸進口袋，驚慌失措地睜大眼睛，緊張地說：

「它不在了。」

大家都很害怕。

「哈囉！」阿純搖著兔子耳朵大喊。

大家鼓掌。亞米菈親吻兔兔先生，像凱旋一樣將它高高舉在頭上，前往擺滿午茶點心的飯廳。

「你不留下來嗎？」薩赫菈害羞地問克雷博。

「不……我……不了。」

他要去和碧翠絲約會。他幾乎有點遺憾沒吃到那些好吃的蛋糕。但他還是希望能夠完成他夢寐以求的那件事。

「我不會去太久，」他紅著臉說。

結果並非如此。他整個下午都在閒聊、在碧翠絲身上亂摸，沒有太大進展。

「已經到了？」阿純看見弟弟回來接他時，他這樣說。

「真抱歉啊，」克雷博嘟噥發牢騷。

「你們要不要留下來吃中東小吃拼盤（mezze）？」在廚房忙了一整天的媽媽雅絲敏問道。

「要！要！」年紀比較小的幾個女生央求克雷博。

「要好好把握生命中的美好事物，」爸爸拉赫比對他說。「『你所有好事都來自於神。』這是可蘭經裡面寫的。」

克雷博接受他們的邀約，絲毫沒發現爸爸拉赫比打算趁機觀察他。晚餐期間，他對太太點了好幾次頭。這男孩似乎很有家教。他喜歡黎巴嫩料理。他會先幫哥哥夾菜，然後再夾自己的。於是爸爸拉赫比點著頭。很好，這樣，很好。薩赫菈覺得很可恥。她該如何向父母解釋，她愛著克雷博，但克雷博並不愛她？

晚餐結束之後，薩赫菈送兄弟倆到門口。潔蜜菈比了個手勢，其他人就全部乖乖待在客廳裡。

「阿純想來這裡的話，隨時都可以回來，」薩赫菈的聲音顫抖。「這裡，就是他的家。」

克雷博很有禮貌地向她道謝，並親吻她的兩頰。薩赫菈很想加上一句：「這裡也是你家」，但她說不出口。

「嗯哼，」克雷博說。

「薩赫菈，她人真好，」下樓時，阿純這樣說。

他知道薩赫菈喜歡他。但這件事他晚點再來思考。

「碧翠絲，她很壞，」阿純又說。

「事情沒那麼單純。」

「純，我是阿純。」

「對，你是阿純，你很單純。而我呢，我很複雜。」

週日早上，寇宏丹帶阿純出去慢跑。回來時，阿純上氣不接下氣：「不好玩。寇宏丹他一直跑一直跑。我追不上他。」

午餐過後，阿純在客廳玩，恩佐在旁邊寫作，像美好的往日時光。雅莉亞和艾曼紐整天不見人影。到了傍晚，寇宏丹與恩佐問克雷博能否准許他們去看電影。

「你們想做什麼就去做啊！」

「你……你不會把阿純送回瑪俐夸？」寇宏丹嘟囔著問。

「永遠不會。」

快要吃晚餐時，克雷博發現沒有麵包了。

「我下樓去買麵包。阿純，你跟我來吧？」

「兔兔先生，它腳痛。」

「好吧。」

離家最近的麵包店打烊了。命運僅是一線之隔。克雷博只好走去遠一點的另一間店。回家路上，他突然擔憂起來。他加快腳步，飛奔上樓。

「阿純，我買到麵包了！阿純？」

飯廳的餐桌上，有一張字跡潦草的便利貼。克雷博認出他父親的字跡：

「結果，我還是過來接阿純。我發現你讓他單獨在家，無人看管。他週末待在瑪俐夸會比較好。」

第十二章

兔兔先生逃跑的時候

馬呂黎先生去接阿純，是為了讓克雷博無需面對難堪的場面。然而，這回返抵瑪俐夸的時候，阿純一點反應都沒有。他似乎無動於衷，像是抽離了自己。「有進步，」馬呂黎先生這樣想。他離開後，阿純把兔子擺在枕頭上，去拿他的安全剪刀。

「你又要把我的眼睛挖掉？」

「你不可以看到這些。」

「是沒錯，但是沒有眼睛的話，我要怎麼哭啊？」兔兔先生問道。

阿純思考了好一陣子，把玩著手中的剪刀。這是個好問題。他坐到床上，將頭靠在牆上，流下兩滴淚。

「克雷博是個混帳，」兔兔先生說。

全部，全部都是，他們背叛了他，恩佐、雅莉亞、寇宏丹、薩赫菈。他們全都拋棄了他。還有克雷博。尤其是克雷博。

「鄧芷太太！」遠處傳來喊聲。

阿純從床上跳起來，開門。老太太就在那兒，扶著牆壁站著。

「過來，烙太太，」阿純小聲說。「妳來躲在這裡。」

老太太絲毫不講客套地進入房間。

「鄧芷太太！」二樓的監視人員大喊。

「夠了，她真煩人，」這位無可救藥的蹺家慣犯要阿純評評理。

「她不會找到妳。」

阿純將一隻手指按在嘴唇上。兩人傾聽監視人員的腳步聲漸行漸遠。

「為什麼妳的名字是椅子？」阿純問她。

老太太對這問題並不訝異。

「這是我先生的姓氏。他就叫做鄧芷[8]。」

8 譯註：在法文中，這句話也可以理解為「他就是一張凳子」。

聽她這樣講，阿純開心地大大微笑。

「妳有小孩嗎？」

「一個兒子，很大了。但他很壞。他把我關在這裡。」

「我呢，是我弟弟。」

「但我一定會逃出去。」

「我也是。但我不會從樓梯討出去。我啊，我從街上討走。」

「啊？」

「烙太太，妳要和我一起討出去嗎？」

鄧芷太太似乎認真集中她腦中僅存的實用觀念。

「我沒辦法走太遠。您還很年輕。您幾歲？」

「十二。」

「真年輕，」鄧芷太太若有所思地說。

此時，二樓的監視人員開始擔憂起來。平常，這個老神經病（她都這樣稱呼鄧芷太太）頂多只會爬到四樓。但現在，連五樓的走廊都空無一人。她跑去哪了？監視人員只好下樓。

「喂，妳好好注意，」她對櫃檯小姐說。「我找不到鄧芷媽媽。妳可別讓她溜了。」

二一二號房內，阿純的逃亡計畫正熱烈展開。

「您有錢嗎？」老太太問他。「因為啊，人生呢，需要很多錢。」

聽見這消息，阿純很氣惱。但鄧芷太太從口袋中，掏出用一張紙鈔包裹的幾枚歐元硬幣。

「紙做的錢！」阿純讚嘆不已。

這禮物讓他靈機一動。

「我要扮成慕許班傑昂先生。」

他穿上他的西裝，鄧芷太太幫他打好領帶。他把兔兔先生塞進一邊口袋。另一邊口袋則放了他的鏘鏘槍。

「所以，妳不來嗎？」

「下次吧，」老太太說。「在那之前，我可以待在您的房間嗎？我爺爺在我房間裡，他在抽雪茄。」

「鄧芷太太，我把房間送給妳。」

這項協議以不拘禮節的方式講定。於此同時，瑪俐夸的工作人員陷入焦發現異狀。

躁。所有人都在尋找鄧芷太太。阿純離開房間，走下樓梯，來到大廳，沒有人

「先生，請您別拖拖拉拉，快點出去，」櫃檯小姐心不在焉地說，「我們要關門了。」

阿純立刻照辦。他幾乎是跑出門的。來到街上之後，他嚇了一大跳。已經天黑了。

「有燈，」他看著路燈，放下心來。

他邁步向前。為了不要迷路，他一一列舉上次在路上看到的東西：「樹木，馬兒的雕像，賣蛋糕的麵包店……」

「我呢，我餓了。」

他的父親並沒有想到要問他吃過晚飯了沒。

人行道上，有個街角很熱鬧，吸引了他的注意力。那是一間畫廊，有個展覽正在辦開幕酒會。今年秋天很暖和，人們進進出出，每個人手中都拿著一杯酒。阿純將臉貼上玻璃窗。

「開喂餅！」

慕許班傑昂先生直直走向餐台。一名女士忙著拿菜，阿純對她露出一個鼓

勵的微笑。他拿起一塊鮭魚土司，將它剝開，然後把鮭魚放回桌上。那名女士見狀，對他的行為目瞪口呆。阿純吞下手中那塊小小的麵包，然後把鹹花生端走，一面看畫一面直接從碗裡拿花生來吃。

兩名很懂藝術的藝術愛好者，正在鑑賞畫家阮雋（N'Guyen Tuan）的一幅油畫。

「我偏好他的綠色時期。他藉由地衣來創造的作品真是異乎尋常。至於這個嘛，是很不錯，但比較……」

「比較符合共識。」

慕許班傑昂先生一臉嚴厲地盯著畫作，他身上散發一股不可忽視的存在感，兩名很懂藝術的愛好者發現了他。他們等著這位權威人士發表感言。

「我啊，我會畫兔子，」阿純說。

兩位先生輕聲咳嗽，然後一路盯著他。

「啊，謝謝，是柳橙汁！」

一名服務生端著餐盤經過。

「先生，這是莊園主雞尾酒。」

「我知道，」阿純說，「地板會轉。」

他喝下那杯其實只摻了一點點酒精的柳橙汁，然後將杯子還給服務生。

「謝謝，先生。但是你騙人，這不是莊園主。」

眾人的視線漸漸集中在阿純身上。他遊走在一群又一群不同的人當中，一臉率直地微笑。他加入一群女士，她們正低聲交談。

「我尤其欣賞他早期的裸女畫像，」其中一名女士說。

「我想他太太就沒那麼喜歡了，」另一位女士笑著說。「他簡直是一隻發情的兔子……」

聽見這個詞，阿純面露狡黠的微笑，將手探進口袋。

「哈囉，」他說。

女士們低頭看著兩隻在口袋上緣搖動的耳朵。

「這是誰？」阿純問。

他暫時不語，讓懸疑感延長一段時間，接著搖晃他的兔子：

「是兔兔先生！」

女士們四散開來。接下來，由於阮雋先生的親友與熟人們一致決定制止這個瘋子，兩名服務生一左一右架住阿純手臂，把他推到街上。阿純漸漸走遠，不明白發生了什麼事，大概是這些人不喜歡兔子吧。

「我們才不在乎，」兔兔先生自我安慰。「我們呢，我們要去巴黎。」

他們置身於車站前面。

「要有漂漂。」

「我們從柵門上面跳過去，」兔兔先生說。「赫！一點都不高。」

阿純遵循兔兔先生的建議，無票進站，他隨意跳上一班車，來到夏特雷站[9]。

「到了，」他順口說道。

置身於深夜的大城當中，他覺得自己好渺小，這感受沉沉地壓著他。

「慕許班傑昂先生，他……他要去巴黎。」

他走近一群醉醺醺的年輕人，他們講話很大聲，口齒不清。

「抱歉，晚安，您好嗎，」阿純非常認真地說。「請問，巴黎，在哪裡？」

這些人愚蠢地大笑。

「這個走丟的傢伙是怎樣？你找不到媽媽？」

「你身上有多十歐元用不到嗎？」

9 譯註：位於巴黎市中心，距離阿純居住的勒莫萬樞機路大約一點五公里。

「歐元，是錢嗎？」阿純問。

他們開始紛紛譏笑他：

「他的智商只有兩分！」

「看看這個智障！」

「而且他還在傻笑！」

阿純臉上沒了笑容。他想繼續向前走，但其中一個人用力捉住他：

「你確定你沒有十歐元嗎？好好找找口袋。」

阿純心中怒火沸騰，直衝腦門。

「我呢，我有刀！我會打仗！」

另一個傢伙掏出他的蝴蝶刀：

「把他交給我，」他對制住阿純的那個人說。

「我有鏘鏘槍！」阿純邊掏槍邊大吼。

「媽的，他有槍！」

小流氓一鬆手，阿純就趁機開溜。他不管方向埋頭奔跑，跑過大街小巷。

偶爾，他呻吟著：「克雷博。」

放慢腳步時，他人在共和國廣場[10]。

他看看四周，氣餒地喃喃自語：

「這裡不是巴黎。」

他繼續向前走，因為不知道除此之外還能怎麼辦。他的怒火已經平息，心中只剩一片冰冷的廣袤沙漠。他沿著別條路往回走。他餓得胃痙攣。他在尚未打烊的食品店櫥窗前幻想美食，對著速食店的氣味流口水。最後他停在一間餐廳前面，餐廳裡有隻河馬揮手叫他進去[11]。踏入門內，一名身穿黑裙白襯衫的女服務生負責為客人帶位。

「先生，您一個人嗎？」

這是珍妮第一次在餐飲業實習。她有點慌亂。

「不，還有兔兔先生。」

「啊？兩位……請跟我來，」她依照服務業專門學校教的方式說。

「去哪？」

「吸菸區還是禁菸區？」

10 譯註：位於巴黎市中心略微偏北，距離勒莫萬樞機路大約三公里。

11 譯註：指法國平價連鎖「河馬餐廳」（Hippopotamus）店內裝飾。

這問題讓阿純擔心起來。

「不是我，是兔兔先生。」

「他不抽菸？」珍妮試著猜測。

「不。它會吐。」

珍妮不禁挑眉，這回答似乎不在教科書列舉的範圍內。她將這名怪異的客人帶到禁菸區坐下。

「您要等朋友來之後再點餐嗎？」

「點餐的人是克雷博。」

「啊？你們有三個人？」

「十二。」

珍妮感覺自己在學校接受的訓練，還不足以讓她應付所有狀況。

「請您稍等一下。我馬上回來。」

阿純從口袋中拿出兔兔先生，把餐巾綁在它的脖子周圍，將它放在桌上的空盤子後面。然後他站起來，去隔壁桌拿了一塊麵包。正在用餐的鄰桌客人嚇了一跳：

「您真不害臊！」

「你還有很多！」阿純指著那籃麵包反駁。

外場經理走過來時，他正輕輕咬著麵包頭。

「兔兔先生，它餓了，」他指著桌上的布偶對外場經理說。

「是的……很抱歉，我得請您離開。」

「去哪？吸菸區？」

「出去。」

「但是，我還沒吃飯。」

「出去！」外場經理再說一次。

他的態度變得很兇。周圍的客人都看著他們。

「有些瘋子沒被關起來，」鄰桌客人說。

阿純抓起兔兔先生，衝出門外。深夜時分，真相像陽光一樣刺目：人們不是討厭兔子，而是討厭他。

週一早上，勒莫萬樞機路的合租公寓中，還沒有人擔心阿純的事。艾曼紐向恩佐以及寇宏丹宣布，他要搬家了。

「你們要搬出去住？」寇宏丹很驚訝，姊姊什麼都沒告訴他。

「是我要搬出去，」艾曼紐說。「我會暫時住在父母家。我想你們根本不在乎吧。」

他直視恩佐。

「我會租一間獨立套房，然後雅莉亞會搬來跟我住。」

恩佐不動如山。但他一逮到機會，就立刻飛奔到韋爾德神先生家。

「喬治！」

「她點頭了？」

「不。還沒。」

恩佐的戀情，如今是喬治最愛的八點檔連續劇。得知艾曼紐要搬走的時候，喬治發出一聲勝利的歡呼。

「不，等等，或許這根本不代表什麼。他逼雅莉亞表態。」

「您也要逼她。」

「怎麼逼？」

喬治陷入沉思。他那個時代的絕妙招數，夾在某個角落的照片、自殺威脅等等，似乎都不適合他這位年輕朋友。

「恩佐，您的小說寫完了嗎？」

「還沒。」

「您把它寫完，然後拿給您的雅莉亞。但是切記，一定要是好結局，就像美國人說的快樂結局。勞倫恩佐向艾瑪求婚，她答應了。」

恩佐皺起臉來。

「這樣寫有點蠢。」

「孩子，您聽好，我不讀《美麗佳人》，但我可以告訴您一件事。愛，就是有點蠢。」

恩佐上樓回家時心情很好。小說的結局隱約可見。他寫了一個多小時，家裡沒有別人。然後電話響了。

「喂？我是社會服務的芭鐸女士。我找克雷博。」

「他在學校。您又想要他怎樣？」

「有件事非得通知他不可。他哥哥失蹤了。」

克雷博被這消息嚇傻了。瑪俐夸的工作人員是在清晨盥洗時間發現阿純不見的。他不在房內，而眾人徹夜搜索的一名老太太睡在他的床上。阿純逃跑了。

「他不可能跑太遠，」恩佐說。「他沒有錢。而且他不懂得識別方向。」

克雷博靜靜聽他說，驚恐得睜大雙眼。

「太可怕了，」他喃喃說道。「他……他就像一個小孩子。恩佐，他才三歲而已。」

「你冷靜下來。他們會找到他的。他們已經通知你父親了。他們會到處搜索。你哥哥不管走到哪裡，一定會引起注意。」

芭鐸女士向他保證，一有消息就會聯絡他。但整個下午毫無進展，只有馬呂黎先生打了一通電話過來，說要是兒子發生什麼事，他一定控告瑪俐夸。

雅莉亞、寇宏丹和恩佐陪在克雷博身邊。等待的時光越來越難熬。

「你出去走走吧，」寇宏丹鼓勵他。「有消息的話，我們會打你的手機。」

克雷博跑回正在放學的學校，要讓薩赫菈知道這件事。

「啊，你在這！」碧翠絲說。「大家都看到了，你中午像隻兔子一樣溜出去。」

一聽見「兔子」，克雷博的淚水就湧了上來。

「你怎麼了？」

「是我哥……」

「又是他！你永遠不得安寧……」

這時克雷博看見薩赫菈。他直接撇下碧翠絲。

「薩赫菈！」

他和薩赫菈一起走遠，將煩惱一傾而出。他覺得都是他的錯。他不該同意讓阿純回瑪俐夸。如果阿純出了什麼事，他絕對無法原諒自己。

「你信教嗎？」

「看日子。」

「你求祂把哥哥還你。」

「我不相信神會介入人的生活。這樣想很天真。」

「拜託神把哥哥還你。」

「神啊，請把阿純還給我，」克雷博說。

他笑了，但眼中滿是淚水。

「我這麼複雜的一個人……」

這時，恩佐和寇宏丹依舊盯著電話不放。

「人生真奇怪，」寇宏丹高談闊論。「兩週前，阿純讓我抓狂。現在呢，他就像我的親兄弟。媽的，如果找不到他的話……」

「你真是振奮人心，」恩佐喃喃抱怨。

突然大門開了。他們以為是克雷博，但不是。艾曼紐走過客廳門前，沒有停下腳步。

「他回來拿東西，」寇宏丹說。

半小時後，艾曼紐仍然沒有走出房間，而雅莉亞在房間裡。「他在逼她，」恩佐心想。克雷博回來之後，恩佐陪著他，但無法專心。他在窺探。他想聽見爭執聲，希望他們大吵一架。「滾吧，滾吧，」恩佐這樣心想，希望能用意志驅逐艾曼紐。

克雷博回到房間，癱在床上，心中不斷重複：「回來吧，回來吧。」

夜幕低垂，落在大地上，也落進人們的靈魂深處。克雷博從來不曾這麼焦慮。艾曼紐走了。獨自離去。

沙發上的恩佐一躍而起，悄悄溜到雅莉亞的房門前。傾聽房門動靜，似乎聽見哭聲。他不敢肯定。他敲敲門。她趴在床上，頭埋在枕頭裡。她轉頭看著恩佐。沒錯，她在哭。

「你給我滾！我不需要你！」

「抱歉，」恩佐嘟噥著說。「我沒有打算……」

他闔上門，深陷於絕望之中。他很想下樓請教喬治的意見，但因為阿純的緣故，他不敢這樣做。得先找回阿純。

阿純踏遍巴黎，從北到南、由東到西。他沒吃沒喝，走了一整天。他在一張長椅上面睡了一會兒。他想找到克雷博居住的巴黎。他哭了好幾次。他想死，但不知道該如何著手。兔兔先生在他的口袋深處縮成一團。

「天黑了，」阿純注意到這件事，儘管其實已經天黑很久了。

他就置身於自己居住的街區，卻認不出來。他在老樞機旅館前面停下腳步。鐵板上面寫著：「房間出租，以週計費。」阿純不識字，但在他的記憶中，這塊鐵板生鏽的痕跡，和他弟弟有關連。

「小兔子，你在找愛嗎？」一名女子用菸嗓子說。

如果是平常的話，阿純會把兔兔先生拿出來。現在，他只是在口袋裡轉轉兔耳。她斜倚著門，試圖勾引這名客戶。

「你叫什麼名字？」

「我是慕許班傑昂先生。」

她仰頭大笑。

「你沒有小名嗎？」
阿純想了一下：
「慕許。」
另外一名女子剛結束交易，她走出旅館，看見阿純。
「啊？妳真受歡迎……你好啊，小可愛。」
「是慕許，」阿純說。
兩名女子互看一眼。這男的看起來頭腦不太靈光。他有錢嗎？剛走出旅館的女子用雙臂環繞阿純的脖子。
「你想要什麼？」
「我弟。」
她猛然鬆開雙臂，轉身對另一名女子說：
「哎呀，他是白痴。」
「是智能不足，」阿純糾正她。
「這樣的話，可沒什麼搞頭，」先開口搭訕阿純的那名女子噘起嘴，一臉掃興。
「那可不一定，」另一個說。

她問阿純：

「你有錢嗎？」

阿純已經學會不要相信別人。他搖搖頭。

「克雷博，他有錢。他在巴黎。」

他雙唇顫抖。

「妳知道巴黎在哪嗎？」

「他迷路了，」她說。「欸，你迷路了？」

阿純點點頭。兩名女子心中某個角落被打動了。她們一左一右環繞阿純。

「你有證件嗎？」

阿純一臉訝異，在口袋裡翻翻找找，拿出一張已經吃完的糖果包裝紙[12]。她們笑了，阿純讓她們動容的程度，遠遠超出她們原先的預料。

「等等，讓我們來，」最早搭訕他的女子說。她一頭金髮，抹粉底的臉有些憔悴。

她翻找阿純外套另一側，這邊的口袋破了洞，兔兔先生縮在深處，像洞窟

12 譯註：法文的「證件」和「紙張」是同一個字。

裡的兔子。

「這是什麼？」她拉著兔耳說。

「是兔兔先生，」阿純咕噥地說。

她搖著頭，彷彿想說：「真是個智障！」她將布偶遞給另一名女子說：

「幫我拿著。我搜搜他的外套。欸，你別哭啊……」

淚水在阿純雙頰流淌。她繼續搜他口袋。

「妳看！一把槍！」

「是假的，」阿純說。「我呢，我沒有刀子。」

「他身上居然有錢。十七歐元。」

「真是一筆巨款，」另一名女子反諷地說，同時點燃香菸。

最後，金髮女子將手伸進外套內側的口袋裡。阿純的身分證，裝在一個塑膠套裡面。

「他叫做巴爾納貝．馬呂黎。」

她翻到身分證背面，唸出馬呂黎先生的住址：

「馬恩拉瓦萊。他跑得真遠。」

她把身分證、錢和假槍都交給另一名女子。為了以防萬一，她摸摸最後一個口袋，從裡面拿出一張小卡，克雷博在上面寫道：

「我叫做阿純。我智能不足。如果發生什麼事，請撥打我弟弟的手機：○六……」

她靜默不語，把小卡遞給另一個女生。她心中滿溢某種情緒，有點像是童年歲月的哀傷。她用手背擦拭阿純的兩頰。

「我跟你說，別哭了。我們打電話給你弟弟，你說好不好？」

阿純點頭，然後伸手指著兔兔先生，害羞地說：

「我可以把它拿回來嗎？」

她們把所有東西照原位放回他的口袋，將兔子放進他手裡。

「我來打，」金髮女子拿出手機說。

克雷博在扶手椅中昏昏欲睡。手機鈴聲嚇他一跳。

「喂，喂？我是克雷博。」

「您的弟弟在我們這邊，」女生的聲音，沙啞得很奇怪。

「阿純？在哪？」

「老樞機旅館，我跟您解釋方位……」

「不用了，我知道在哪！我兩分鐘後到。噢，我的老天爺！」

他飛奔到門前，衝下樓，在街上狂奔。

「噢，幹，」他小聲說。

他哥就在那兒，身邊有兩個女生，手裡握著他的兔子。

「阿純！阿純！」

克雷博緊緊抱住他，反覆說道：

「噢，我的老天爺！噢，幹……」

最後，他終於冷靜下來。他看著眼前兩名妓女。

「我不知道該如何感謝妳們。」

「你需要別的服務嗎？」金髮女子調侃他。

「不，謝謝，不用了……」

兄弟倆手牽手，沿著勒莫萬樞機路走回公寓。

「我好餓，」阿純小聲說。

他的雙腿幾乎撐不住了。

第十三章

兔兔先生死掉的時候

「他驚嚇過度。」

除了這個原因之外，醫生找不到別的理由，來解釋阿純為何連續三天陷入幻覺狀態。室友們輪流照顧他，這天早上輪到寇宏丹。阿純似乎正在沉睡，寇宏丹瞄他一眼，坐進扶手椅。

「兔兔先生，它在哪裡？」

寇宏丹驚跳起身，像被椅子刺到似的。阿純坐起身來，他的頭髮從未如此凌亂，藍色的雙眼映照那一頭金髮的熊熊火焰。

「老夥伴，你現在覺得怎樣？你認得我嗎？認得寇宏丹嗎？」

「兔兔先生，在哪裡？」

寇宏丹從書架上拿起年老色衰的兔兔先生。阿純拿起它，把它擺在面前。他臉上流露一陣奇異的悲傷。

「為什麼別人都對兔兔先生這麼壞？」

阿純就是有辦法戳中寇宏丹心中敏感的點。寇宏丹轉過頭去，偷偷拭淚。

「他們不是……不是真的對它壞。但他們不了解兔兔先生。它……和他們太不一樣了。它的耳朵很長，而且……呃……它有鬍鬚。總之，你看，它是一隻兔子……」

「一隻會說話的兔子，」阿純幫他接話。

「對，沒錯。別人呢，他們會因為這樣而吃驚，他們會有點害怕。」

阿純嘆氣：

「好複雜。」

「你是阿純，你很單純，這樣就好了。什麼別人，我們才不鳥他們。」

「噢，噢，這個字壞壞。」

寇宏丹跑去客廳通知恩佐：

「他康復了！」

「偶爾會發生這種事。」

關於阿純的逃亡，芭鐸只能這樣說。

「您知道，有些機構會把病人綁在床上。這樣沒有比較好。無論如何，我還是認為瑪俐夸這個地方，這樣說吧，雖然不好，但還不算太壞。」

「但我希望我哥好，」克雷博回道。

他又來到這間被鐵櫃包圍的小辦公室。

「我們都是為了阿純好，但不應該犧牲您。」

克雷博提高音量：

「我和阿純在一起很幸福。」

「但您想想，您時時刻刻都需要背負如此沉重的責任。您還未成年……」

克雷博笑了起來：

「十天後，在您面前的，就是個成年人了。」

芭鐸女士心照不宣地點頭，但她不想太快讓步。

「您還年輕，還很有理想。請別認為我打算不計代價阻撓您的理想主義。我很明白這類情形，因為我看過不少類似情況，我知道犧牲奉獻得付出很高昂的代價。阿純完全不可能獨立生活。您想想，要是有天您想結婚生子……」

克雷博面露微笑，他想到拉赫比爸爸那幾個年幼的小女兒：

「我的小孩會喜歡阿純，因為阿純就是個小孩。」

克雷博的眼中亮起了光。他彷彿決定挑戰這世上所有的愚昧無知，芭鐸女士垂下雙眼。

「克雷博，我已盡力幫忙您了。我以為我做得很對……」

「我很感謝您。」

在勒莫萬樞機路的合租公寓中，雅莉亞告訴弟弟，她要回潘波勒鎮，在爸媽家住幾天。

「但妳的課業怎麼辦？」

「我再也讀不下書了。」

她看來很疲倦。

寇宏丹鼓起勇氣問她：

「妳和艾曼紐分手了？」

「我想是吧……他要我現在馬上答應嫁給他。他要我跟他走。我呢，我不知道……我再也弄不清楚了……」

她看起來非常悲傷。

「妳會回來參加克雷博的生日派對嗎？」

「寇寇，我會盡力，但我什麼都不能向你保證。」

當天夜裡，恩佐把小說寫完了。他趁雅莉亞不在的短暫空檔，進入她的房間。她的行李箱是打開的，已經裝滿一半。他把筆記本丟進行李箱。筆記本的第一頁寫著：「如果妳不愛我，就把它毀屍滅跡。」

「妳要永遠離開這裡嗎？」阿純問道。

雅莉亞正在關上她的行李箱。

「不是的。阿純，我要回我爸爸媽媽家休息一會兒。」

「我呢，我媽媽死掉了，我爸爸不愛我。」

雅莉亞用雙臂環繞阿純的脖子。

「妳的戀人，不是我，」阿純提醒她。

「我知道。你啊，你是我的王子。」

她親了他。

在爸爸拉赫比家中，所有人都因為阿純回來了而萬分欣喜。

「亞米菈一看到阿純，就好開心，」媽媽雅絲敏說。

她丈夫點頭，沒錯，沒錯，阿純很討人喜歡。但他想要拉攏的對象是克雷博。他已經明白，薩赫菈對克雷博的情感，遠遠超過他對她的情感。克雷博還需要再成熟一點，而在他準備好之前，可不能讓他跑遠。

「我們應該幫薩赫菈辦個慶生會，」爸爸拉赫比突然這樣說。

「還要慶祝？上週才剛慶祝過。」

「沒錯，但是只有家人而已。現在的年輕人，喜歡邀朋友同歡。」

「薩赫菈沒什麼朋友，只有阿純和克雷博。」

爸爸拉赫比看著媽媽雅絲敏，彷彿她剛說出一個明智無比的提議：

「妳說得對。下週六，她就邀克雷博和阿純就好了。」

媽媽雅絲敏可沒那麼容易上當。

「拉赫比，克雷博有問題。」

「什麼問題？」他很擔心。

「他會去望彌撒。」

「啊？這樣啊……」

爸爸拉赫比臉上露出一個大大的微笑：

「『最友愛穆斯林的人們說：我們是基督徒。』這是可蘭經裡面寫的。」

克雷博原本非常高興薩赫菈邀他參加慶生會，但沒多久他就陷入兩難，因為後來碧翠絲說，她那天要去他家找他。克雷博決定把時間分成兩半。下午兩點到四點，他會在薩赫菈家；四點到六點，則是和碧翠絲共處。高尚的情感獻給薩赫菈；其餘的則給碧翠絲。

慶生會這天，阿純穿上慕許班傑昂先生的服裝，脖子上繫了一個蝴蝶領結，翅膀彷彿還翩翩搧動。客廳中的恩佐、寇宏丹和克雷博滿心歡喜，默默看著阿純。阿純一頭亂髮，雙眼閃閃發光，西裝外套歪歪斜斜，口袋裡塞滿各種小玩意。

「我準備好了。」

到了爸爸拉赫比家，眾人熱烈隆重地迎接他們。

「我太喜歡女生了，」阿純已經忘了他先前的偏見。

克雷博把薩赫菈拉到一邊說：

「我四點之前必須離開。我和社會服務機構有約。沒什麼嚴重的事，就是要幫阿純簽一些文件……」

他說謊技術實在太差，薩赫菈差點問他社會服務機構的手臂下面是不是有腋毛。但她的女性直覺提醒她，不該這樣回應。

「真可惜，」她說。「但沒關係。阿純整個下午都能待在這裡，這才是最重要的。」

克雷博被激怒了。他臭著臉走近女生們的圈圈，她們都圍繞著阿純。

「我會說另一種語言，」阿純神氣活現地對他說。

這些小女生正在教阿純和兔兔先生比手語。克雷博繼續擺了幾分鐘的臭臉，但接下來，他想學習用聾啞人士的方式說「我愛你」。薩赫菈教他怎麼比：將手平放在肚子上，往心臟的部位抬高。

「你的手和身體離得越遠，你的愛就越深，」她邊說邊比了一個大大的手勢。

克雷博和爸爸拉赫比的七個女兒一起盤腿坐在地上，用他的雙手說話。看見手錶顯示三點四十分時，他嚇了一跳。他匆匆離開薩赫菈家，走到街上時，才發現時間還早。他放慢腳步，經過他那一區的教堂前方時，他心想，不知教堂有開嗎。他從側門走進教堂。教堂的清涼蔭影落在他的心上。

他將手探進聖水盆，劃了十字。這是他小時候學會的手勢，那時媽媽還活著。媽媽過世時，克雷博十四歲。她對他說：

「你要好好照看你哥。我呢，我會在天上照看著你。」

他筆直走向聖德蘭聖女聖嬰耶穌的雕像，在奉獻箱裡投進兩歐元，傾聽它們撞擊其他硬幣的叮噹聲響，接著拿起一支大蠟燭，將它湊近燭火點燃。他心中浮現一個聲音：

「讓阿純點蠟燭！」

眼前再度浮現童年的自己。點蠟燭是年紀比較小的孩子的特權，但他將機會讓給哥哥。因為弟弟長大了，而哥哥還是小孩。

「媽媽，」他看著雕像說。

沿著側廊離開時，他看見告解亭。先前某個週日，兔兔先生曾把這裡當做它的兔子窩。他突然迫切渴望能進去躲一下。他溜進簾子後面跪下，這簾子讓世界無法找到他，一陣又一陣的顫動，輕拂他的肌膚。

離開教堂時，時間早已超過四點。如果碧翠絲在他家遇上寇宏丹，那她一定已經得知克雷博在薩赫菈家。如果是恩佐幫碧翠絲開門的話，他一定會唬她。不管怎樣，約定的時間已經過了。「我這個人真的很複雜，」回到薩赫菈家時，克雷博這樣想著。

「這麼快？」阿純很驚訝。

但其他人都沒說什麼，而這次，克雷博吃掉了那些美味的蛋糕。回到家時，恩佐從客廳叫住克雷博：

「你朋友來過了，那個紅髮女生！你本來要和她約會？」

克雷博點頭。

「我跟她說你去社會服務那邊幫阿純處理一些急事，我說你很抱歉。」

「謝謝。」

克雷博的生日恰好是聖靈節假日，今年是星期五。聖靈節假期的頭幾天都用來籌備克雷博的生日派對。克雷博希望能夠隆重慶祝自己成年。他邀了碧翠絲和薩赫菈。薩赫菈問他，能不能帶潔蜜菈一起來。

「你邀史蒂芬妮來吧？」寇宏丹問恩佐。

恩佐狠狠瞪他一眼，於是寇宏丹轉移話題，把表兄弟亞列希和他的英國女友列入名單。

「余白、尚—保羅，這兩個是一定要的，」寇宏丹說。

賓客名單漸漸齊全，但少了一點女生。

「雅莉亞呢？」恩佐小聲說道。

寇宏丹做了個「我也不曉得」的鬼臉。

「你有問她嗎？」恩佐有點惱怒。

「有，但是……」

「但是怎樣？」恩佐大喊。

「她不知道。早上她說好，晚上又變成不能來。我跟你保證我有一直堅持。她好像生病了。」

「什麼病？」

寇宏丹再度做鬼臉，一點都不怕恩佐痛揍他一頓。

「給她一點時間，」韋爾德神先生安撫恩佐。「她才剛分手，不能馬上對您投懷送抱，這樣很不優雅，不夠女人。」

恩佐下意識揉揉肩膀。

「雅莉亞才不女人，她是精力充沛的惡魔！」

這一次，阿純也跟著準備派對。他非常投入，聊到克雷博的生日時，就像是在講自己的生日。

「我會收到什麼禮物？」他問弟弟。

「你想要什麼？」

「惦惦話，惦視，惦惦腦。」

「這些都滿貴的。手錶，好不好？」

「好～～～」

「要順便買椰頭給你嗎？」

這笑話阿純有聽懂，他哈哈大笑。

「沒有笑笑人，」阿純說。

他成長了很多。

「我覺得阿純越來越少提到兔兔先生了，」寇宏丹說。

「阿純沒那麼需要它了，」克雷博說。「現在，他有朋友。」

儘管如此，兔兔先生還是把鬍鬚攪進巧克力慕斯，把切好的紅蘿蔔弄得一團亂，拿攪拌器來玩，被大家制止了上千次。

「阿純，住手！」

「不是我，是……」

其他人異口同聲：

「兔兔先生！」

這一天終於來了。

「你或許不一定要扮成白馬王子？」克雷博說。

「我是慕許班傑昂先生，他四七一十二歲，今天是他的嘎齊咚日。」

「你或許不一定要講另一種語言？」

首先蒞臨的，是非邀不可的余白以及尚－保羅。他們講話很大聲，很會亂開玩笑，他們對聚會而言不可或缺，沒有他們就沒有氣氛。接著進屋的是亞列希，他非常消沉。他剛和英國女友分手。恩佐滿腔怒火瞧他一眼，兩人的精神狀態簡直就是複製人。然後他幫之前那個醫學院女生開門，她和艾曼紐以及雅莉亞讀同一間學校。

「我真不敢相信，」這句話她至少重複十幾次，難以置信他們分手了。「我真不敢相信。」

接著恩佐聽見一個讓他很滿意的新消息：雅莉亞打算和眼前這個女生，以及另外兩名女同學，一起搬進巴黎十一區一戶樓中樓大公寓。他很克制自己，沒有立刻以十萬火急的態勢跑下樓，去通知喬治這個大消息。

客廳和飯廳漸漸熱鬧起來。克雷博每五分鐘就看一次錶。

「我啊，我沒有手錶，」阿純委婉地提醒他。

終於，碧翠絲來了。她穿的不是先前那件很高腰的高腰上衣，而是一條很低腰的低腰褲，腰帶搖搖欲墜。

「喂，」她對克雷博說，「上週六你竟然爽約，像兔子一樣不見蹤影。」

「哈囉！」兔兔先生在她面前搖晃耳朵。

碧翠絲狠狠推開兔子，阿純嚇得逃走了。

「抱歉，我那天有急事要處理，」克雷博冷冷回答。「啊，薩赫菈來了！」

的確，薩赫菈剛進屋，身後跟著潔蜜菈。薩赫菈看著情敵，忍著不嘆氣。薩赫菈穿了和上次一樣的不對稱黑色洋裝，她的衣櫥裡沒有別件衣服更有噱頭。

「妳超漂亮的，」克雷博低聲讚美她。「妳妹妹不戴頭巾了？」

潔蜜菈不只沒戴頭巾，還穿了蕾菈的裙子，在她身上變成一條很迷你的迷你裙。

「她想過了。宗教是在她的心裡，不是在她頭頂。」

克雷博表示贊同，並開始動手拆起堆放在餐台旁邊的禮物。碧翠絲送他一條四角褲，上面有個口袋，專門用來放保險套。

「謝謝，」克雷博趕緊把它裹回包裝紙裡。

薩赫菈送了一個漂亮的相框。

「應該把妳的照片放在裡面，」克雷博這樣提議。

那一刻，碧翠絲知道她輸了。

「但是我呢，我的禮物，在哪裡？」阿純擔心起來。

薩赫菈遞給他一個禮物，上面綁了一大堆緞帶。阿純直接撕開包裝紙：

「小侏儒的衣服！」

一件很小很小的西裝外套，配上一件很小很小的長褲，用黑色不織布縫製，有紅色的鑲邊和金色的鈕扣，全都是媽媽雅絲敏精心製作，用來遮掩兔兔先生磨損的痕跡。薩赫菈協助阿純為兔兔先生穿上衣服之後，所有人都讚嘆不已。

「兔兔先生，它看起來超狂的，」阿純說。

「這種事遲早會發生，」恩佐哀嘆。「他太常和年輕人鬼混，現在講話就像年輕人一樣。」

至於潔蜜菈，她決定不要浪費時間。四下掃視一圈之後，她使用刪去法，最後鎖定寇宏丹當做目標。她先用一堆問題轟炸他：

「你讀什麼科系？你幾歲？那個女生是你女朋友嗎？你喜歡什麼音樂？」

這些問題的答案都讓她很滿意，於是她說自己是高三學生，準備報考社會公衛學程。然後她和寇宏丹共用一個杯子，好理解他的想法，接者邀他共舞第一首慢歌。薩赫菈用眼角偷瞄她，有點嚇到，但沒有表現出來。

「哎呀，妳妹妹，她沒花多少時間就從束縛中解放了，」克雷博說。

「她才十四歲……」

克雷博決定警告一下恩佐，有講總比沒講好。

「恩佐，我們得告訴寇宏丹……」

「我不認為他現在能聽進什麼話。」

「跟他跳舞的那個女生……」

「你是說那個像真空吸盤一樣黏著他不放的女生？」

「對。她才十四歲。」

「啊？」恩佐還是很訝異。

但他又再度恢復冷靜：

「克雷博，你別擔心。寇宏丹是個慢郎中。等他向她告白的時候，她早就成年了。」

像這樣的夜晚，可別指望恩佐說出什麼正經話。他斷定自己只是個社會敗類，於是去癱倒在沙發上，身旁是和他一樣萎靡的亞列希，已經酩酊大醉。

「你看，人生，人生啊，是個爛東西，」亞列希用黏糊糊的聲音對他說。「想要……想要治癒這個爛東西，只有一個辦法，一個辦法！」

他提高音量，彷彿恩佐試圖反駁他似的。

「不，沒有兩種辦法。只有一種。一個辦法！」

這時門鈴響了，恩佐永遠不會知道該怎麼治癒人生，因為進門的是雅莉亞。

乍看之下，恩佐認不出她是誰。她徹底變了個人。她的頭髮梳得很整齊，臉上化了妝，顯得非常優雅。很女人。彷彿想讓恩佐認清他們之間的距離有多麼遙遠。他躊躇不前地走向她，一言不發看著她。

「你不說晚安嗎？」她的魯莽一如往常。

「如果這個晚上算是很安的話，」恩佐模仿驢子屹耳憂鬱的聲調。

「你這傻瓜……」

她和每個人吻頰問好。她也親了阿純。尤其是阿純。

「所以，你可以參加派對？」

「今天是我的嘎齊咚日。」

「意思是『生日』，」克雷博幫阿純翻譯。

恩佐以為，看見雅莉亞回來，他會欣喜若狂。但他卻杵在客廳中央，心情陰鬱，有點醉。他回到房間，躺在床上。他昏昏欲睡，覺得一切都令人厭惡，尤其覺得自己很噁心。有人敲門，他用手肘撐起身子，頭很痛，彷彿有人像敲鐘一樣敲擊他的兩鬢。

「幹嘛？」他大吼。

雅莉亞進門，將門關上，背倚著門。

「幹嘛？」恩佐再說一遍，但聲音變溫柔了。

她把某個東西扔到他的枕頭旁邊。

「這是什麼？」

「你今晚可真有話聊。這是一張磁碟片。」

他拿起它：

「然後呢，我要用它做什麼？」

「隨便你想做什麼。這是你的小說。」

恩佐似乎沒聽懂。

「恩佐，我把你的小說打成電子檔案，存在這張磁碟片裡。」

「妳為什麼這樣做？」

她在床緣坐下。

「因為我愛上了你的小說。我愛上你寫的角色，你的主角。」

她原本打算讓這心醉神迷的時刻持續久一點，像懸崖頂端的頭暈目眩。但她心中湧現一股波濤，沖走了她，讓她倒在恩佐身上。

「雅莉亞，雅莉亞，妳是說真的嗎？妳說的是我？妳今晚實在太美，害我不敢……」

「我是為了你而美。」

他閉上雙眼，抱緊她。噢，恩佐，恩佐，先前這麼悲慘，如今是多麼幸福的事啊！

「我愛妳，你不知道我有多愛妳！」

她笑了，並開始搔他癢。他也笑了。接著他們一面輕輕搔撫對方，一面手忙腳亂地脫下衣服。

「你們做愛嗎？」

恩佐才剛解開褲頭。他站起身來，氣喘吁吁。門內探出兔兔先生的頭。

「阿純！」

「是？」

阿純也探出頭來，彷彿有人邀他似的。

「你不覺得可恥嗎？」雅莉亞罵他。

「不會啊。」

他搖晃著兔子耳朵。

「兔兔先生，它喜歡看這個。」

這時，走廊傳來寇宏丹的聲音：

「喂，恩佐，你快回來，切蛋糕了！」

終於，所有人都聚在客廳。他們把燈關掉，薩赫菈端出插了十八支蠟燭的蛋糕，一面唱著：

「祝你嘎齊咚日快樂……」

所有人跟著合唱，歡樂無比：

「祝克雷博嘎齊咚日快樂……」

所有人？不對。碧翠絲沒跟著唱，她因為憤怒而雙唇緊閉。她決定趁著一片黑暗之際，溜出客廳。然而，離去之前，她發現兔兔先生被遺忘在懶骨頭上。她覺得自己和這隻兔子還沒算清舊帳，於是彎腰抓起它，走進廚房。只消兩個動作，她就完成了一場犯罪。

這時，寇宏丹正在切生日蛋糕。

克雷博要阿純跟他走到客廳一個安靜角落。他摘下自己的手錶，將它戴上阿純的手腕。

「是我的我的嗎？」

「你不會弄壞它？」

阿純搖搖頭，盯著動個不停的秒針，一臉驚奇。

「那，阿純，現在幾點？」恩佐問他。

「十二。」

隔壁的教堂敲響午夜的鐘聲。

派對又繼續了一陣子。阿純在地氈上睡著了，亞列希在沙發上等待醉意消褪。克雷博和寇宏丹護送薩赫菈以及潔蜜菈回家。恩佐和雅莉亞悄悄溜上床。

「兔兔先生，它走了！」

克雷博被哥哥猛然吵醒。

「又怎麼了？你可不可以別再拿你的兔兔來煩我！」

「它走了。」

「沒這回事，派對搞得到處一團亂，它一定在某個地方。」

一小時後，克雷博開始尋找兔子。沒多久，寇宏丹也一起幫忙找。

「你把它放在哪裡，你還記得嗎？」

「這裡，」阿純指著懶骨頭說。

恩佐和雅莉亞也知情了。所有人翻遍整間公寓。亞列希終於從酩酊狀態中清醒，在沙發上坐起身來。

「你們在找什麼？」

「兔子布偶。」

「這要問那個紅髮女生……」

「碧翠絲？」

亞列希點頭表示沒錯：

「她把布偶從懶骨頭上拿走了。我覺得奇怪，但我那時醉到沒辦法做出什麼反應……」

克雷博感覺心中燃起一道惡毒的怒意。他的目光變得呆滯。

「我去她家找她。」

恩佐握住他的手臂制止他：

「不，等等，我們可以打電話問她。克雷博，你現在正在氣頭上。讓我來。」

恩佐獨自離開去打電話，然後回到客廳。

「是她沒錯，」他用宛如八點檔連續劇的聲調說。「她把它丟進垃圾管道了。」

眾人面面相覷，非常震驚。

「嗯，我們得去找它，」阿純說。

「對啊，我們真蠢！」克雷博恢復鎮定。

他們飛奔下樓，衝到一樓堆放垃圾的地方，門房正在把空蕩蕩的垃圾箱拖回來。

「該死！垃圾車搶先我們一步，」恩佐的口氣，比剛才更像連續劇。

「兔兔先生，它從垃圾桶出來了嗎？」

該如何讓阿純接受事實，承認他的兔子永遠找不到了呢？

回到客廳後，他坐上懶骨頭。

「我要在這裡等它。」

「這樣一點用都沒有。它在垃圾車裡，」恩佐告訴他。

「它會討出來。」

「不，不可能的，它只是一個布偶。它不是真的兔子。」

「它是。」

阿純堅持己見，他眼裡盈滿淚水，但他不願哭泣。他很固執、很倔強。

最後雅莉亞將他緊緊抱在懷裡，在他耳畔輕聲囁語：

「阿純，我知道你很愛兔兔先生。我們都很愛兔兔先生。但你必須接受這件事。兔兔先生死了。」

阿純開始顫抖：

「像媽媽一樣？」

「像媽媽一樣。」

他雙手合十：

「我也要一起死翹翹。」

「那我呢，我呢？」克雷博在哥哥面前屈膝大吼。「你要我孤零零　個人嗎？」

「你只要對薩赫菈說『喂？』就好了。」

克雷博聽從他的建議，打給薩赫菈說「喂？」，她隨即過來找他們。

「我們再買一個，」她對阿純說。「另一個兔兔先生。」

阿純用責備的眼神看她一眼：

「兔兔先生只有一個。」

這一點，所有人都很清楚。

韋爾德神先生並不知道樓上出了大事，他正在咒罵他們。

「又來了。他們又把垃圾管道給我堵住了。他們老說不是他們。我還真看不出來，除了他們還會有誰！」

喬治有個非常嫻熟的技巧，可以打通垃圾管道。他用一條繩子綁住一個五公斤重的啞鈴，沿著管道向下垂，這樣就能把卡在裡面的東西推下去。

「好了，」聽見垃圾滾落的聲音時，他這樣說。

命運如何決定？韋爾德神先生想找到證據，證明堵住管道的罪魁禍首的確就是樓上這批年輕人。於是他下樓，走進垃圾間。

幾分鐘後，他按了樓上公寓的門鈴。

「這下子，」他對恩佐說，「你們可不得不承認，就是你們用一堆亂七八糟的鬼東西堵住垃圾管道！」

恩佐瞪大雙眼：

「喬治！」

恩佐心中確確實實湧現一股戲劇化的情感，於是他說：

「您救了我們的命……」

「另一個白痴，他在嗎？」韋爾德神先生聲如洪鐘，走進客廳。

阿純蜷縮在懶骨頭上，朋友們都圍在身邊。喬治以莊嚴的姿態向前邁步，大家都讓開來，好讓阿純能看到他。

「神先生！」

喬治彎著手臂，像懷抱一個生病的幼童一樣，摟著歷劫歸來的兔兔先生。

「你的兔子好臭，」他邊說邊將它還給阿純。

大家都忙了起來。清洗小外套和小長褲，幫兔兔先生洗澡，噴香香。雅莉亞縫補了幾個地方。阿純什麼都不做，只是一臉認真地盯著手錶瞧。

傍晚時分，薩赫菈得回家了。

「我們可以去堤岸走走嗎？」克雷博向她提議。「聊一下……」

他想起自己曾對碧翠絲說過一樣的話。「但這次不一樣，」他這樣想著，耳中是自己的腳步聲，回應著薩赫菈的腳步聲。她走在他身邊，幾年後，他們仍會這樣走著。接著會有孩子和他們一同前行，這些小孩會愛阿純，因為他們會像孩子一樣單純。

克雷博幻想著這一切。他不去思索自己該不該摟住薩赫菈的腰，抑或該怎麼做才能從她身上得到一些什麼。但沉默畢竟讓他尷尬。剛才他明明說，他們是來聊天的。他想告訴薩赫菈：我弄錯了，我以為我愛碧翠絲，但我愛的其實是妳。除了這樣講之外，難道沒有別的字句可以表達嗎？

「薩赫菈，我想告訴妳……」

她停下腳步，凝視他的雙眼。這一刻她已等了好久。克雷博臉上突然出現一抹狡黠的微笑，讓他看起來像是兔兔先生的小弟弟。

「薩赫菈，妳好好聽著！」

他將手平放在肚子上，往自己的心抬高，然後用指尖輕觸薩赫菈的心。於是薩赫菈將手平放在肚子上，往她的心抬高。兩人互相擁抱。

恩佐在公寓裡胡思亂想，他躺在沙發上，頭枕在雅莉亞的腿上。

「真奇怪，」他說。「我以為阿純會整天盯著他的布偶不放。結果他只對他的手錶感興趣。」

「我想，以象徵意義來說，兔兔先生已在今天死去，」雅莉亞越來越著迷精神分析。「以後，阿純再也不會說它是活的了。」

「妳不覺得這樣很悲哀嗎？」

「恩佐，孩子總會長大。這樣悲哀嗎？」

「是的，很悲哀。成長是必然的，但很悲哀。」

他抬起那雙總是充滿憂慮的眼睛看著雅莉亞，她對他微笑。她愛的人，確實是他。

阿純人在浴室。在他面前，有個布偶被夾在晾衣繩上，它破破爛爛，被剪開又縫起來，沾了彩色筆和口紅的痕跡，兩隻耳朵被晾衣夾固定在繩子上。

「你乾了嗎？」

「我的腳還是溼溼的有水，」兔兔先生回答。

「是碧翠絲把你丟進垃圾管子嗎？」

「不是，是我。我想看看垃圾間。」

阿純用手臂揮出一個大大的動作，看手錶。小針跑啊跑啊，跑了一整天。

有個問題在他腦子裡來來回回，像犁田一樣。現在，這問題他非問不可：

「你說，有一天，你會死翹翹嗎？」

「不會，」兔兔先生說，「不一定要。」

單純

作　者—瑪麗奧德・穆海（Marie-Aude Murail）
譯　者—周桂音
主　編—何秉修
特約編輯—江莉芬
企　劃—林欣梅
封面設計—陳恩安

總編輯—胡金倫
董事長—趙政岷
出版者—時報文化出版企業股份有限公司
一〇八〇一九台北市和平西路三段二四〇號七樓
發行專線—（〇二）二三〇六六八四二
讀者服務專線—〇八〇〇二三一七〇五
（〇二）二三〇四七一〇三
讀者服務傳真—（〇二）二三〇四六八五八
郵撥—一九三四四七二四時報文化出版公司
信箱—一〇八九九臺北華江橋郵局第九九信箱
時報悅讀網—http://www.readingtimes.com.tw
時報文化臉書—https://www.facebook.com/readingtimes.fans
法律顧問—理律法律事務所　陳長文律師、李念祖律師
印　刷—家佑印刷有限公司
初版一刷—二〇二四年五月三日
定　價—新台幣三八〇元

時報文化出版公司成立於一九七五年，
並於一九九九年股票上櫃公開發行，二〇〇八年脫離中時集團非屬旺中，
以「尊重智慧與創意的文化事業」為信念。

單純 / 瑪麗奧德・穆海 (Marie-Aude Murail) 著 ; 周桂音譯.
-- 初版. -- 臺北市 : 時報文化出版企業股份有限公司, 2024.05
面；　公分 -- (少年遊 ; 45)
譯自 : Simple.
ISBN 978-626-396-204-0 (平裝)

876.59　　113005174

Original title: Simple by Marie-Aude Murail

Cet ouvrage, publié dans le cadre du Programme d'Aide à la Publication «Hu Pinching», bénéficie du soutien du Bureau Français de Taipei.
本書獲法國在台協會《胡品清出版補助計劃》支持出版。

ISBN 978-626-396-204-0
Printed in Taiwan